글 한 잔 할래요

발 행 | 2022년 9월 25일
저 자 | 김경희 김보경 김은정 김형선 부정민 숨비기낭 정미주 홍유경 희망희정
기획편집 | 차영민
펴낸이 | 한건희
펴낸곳 | 주식회사 부크크
출판사등록 | 2014.07.15.(제2014-16호)
주 소 | 서울시 금천구 가산디지털1로 119, SK트윈타워 A동 305호
전 화 | 1670-8316
이메일 | info@bookk.co.kr
ISBN | 979-11-372-9521-6

www.bookk.co.kr

테마 에세이

글 한 잔 할래요

김경희 김보경 김은정 김형선
부정민 숨비기낭 정미주 홍유경 희망희정

〈참여 작가〉

김경희
제주에서 나고 자란 책 좋아하는 청소년상담사.
나와 청소년들의 마음을 돌보며 글을 쓴다.
「내가 좋아하는 것들, 집밥」 출간(스토리닷, 2022)

김보경
제주도 토박이 아닐 것 같은 토박이
'나도 잘 살고 남도 잘 살게해야지'
철학을 갖고 있는 오지랖녀.
몸 건강 마음건강 건강전도사

김은정
제 이름은 '김예쁨이꽃'입니다. 막내가 제게 지어준 이름입니다.
제주에서 태어났고 오늘까지 제주에서 글쓰는 엄마로 살고 있습니다.
세 아이를 키우다 보니 아이들의 말이 엄마의 글이 되었습니다.
아들의 바람대로 꽃처럼 살고 싶은 엄마작가입니다.

김형선
두 아이를 키우며 마흔을 바라보는 워킹맘.
부캐는 정리가 주는 기적의 힘을 알리고 실천하는 정리왕.
혼자 있는 시간에는 일상에서 행복을 찾으며
새로운 '나'를 발견하는 끄적임을 멈추지 않는 자칭 끄적러

부정민

바다와 숲, 그리고 돌고래를 좋아하며,
마음 세계 여행에 관심이 많다.
「돌고래를 좋아합니다」 독립출판(2021년)

숨비기낭

책읽기, 글쓰기에 턱없이 혼자만의 사명감을 가졌다.
사명감만큼 부끄러움도 많아 혼자 꼼지락대기만 하는 중.
아이들과 책으로 만나며 동화에 나옴직한
캐릭터 연구에 낄낄거리길 즐긴다.
언젠가 이 캐릭터들이 이야기 속을 휘저을 주인공이 될 수 있을까
기대하고 또 의심하기를 반복한다. 이야기의 어느 한 지점,
아이들과 함께 빵 터지는 그 유쾌한 순간의 행복감에
아이들 곁을 떠나지 못하고 서성이는 철이 덜 든 어른이다.

정미주

온 집안을 책으로 채우고 싶은 애서가이다.
십 년 넘게 독서토론을 하고 있다. 걷고, 읽고, 쓰기만 했던
짧은 백수 시절을 그리워한다. 인생이란, 태어난 후부터는
죽음을 향해 걸어가는 과정이라 생각한다. 마흔 이후,
어떻게 '잘 죽을 것' 인가를 고민하며 산다.

홍유경

사람들의 감성을 어루만져 줄 수 있는 시를 쓰며
죽을 때까지 행복하게 살기 위해 하고 싶은 것을 하며 살고 있다.
학교현장에서 아이들에게 인성, 진로, 회복탄력성, 독서치료 등을 강의
〈그대 사랑처럼, 그대 향기처럼〉 시집 출간

희망희정

영화와 책, 걷기, 떡볶이를 좋아한다. 영화와 사진,
그림책 등을 가지고 상담과 심리치료,
교육에 활용하는 일을 하고 있다.
나이 들어가는 일이 서툰 중년에 익숙해지고 싶어
글쓰기로 마음을 달래보려고 무모한 도전을 시작했다.

차례

차례

글 한 잔의 추억

내 삶, 한 순간들의 기록

놀이의 맛

부정민

음식의 맛처럼 놀이에도 단맛, 짠맛, 쓴맛, 매운맛, 신맛 등이 있지는 않을까? 이를테면 짠맛은 소금이 대표적인데, 소금은 사람에게 꼭 필요하다. 소금처럼 사람에게 꼭 필요한 것은 타인의 존재라고 할 수 있다. 왜냐하면 우리는 혼자선 살아갈 수 없는 사회적 동물이기 때문이다. 그렇다면, 짠맛이 나는 놀이를 타인과 함께하는 놀이라고 해보자.

짠맛 놀이와 대비되는 단맛 놀이가 있다면, 혼자 노는 놀이라고 할 수 있지 않을까? 그러고 보니 나는 사람들과 놀다 보면, 혼자 있고 싶은 마음이 들곤 한다. 마치 짠 것을 먹으면 단 것이 당기듯이.

쓴맛 놀이는 생업을 위해서 직장 동료들과 의무적으로 어울려야 하는 놀이라고 할 수 있겠다.

매운맛을 빼놓을 수 없다! 사실 매운맛은 미각이 아닌 통각이다. 즉, 매운맛은 고통을 이겨내는 인내를 포함한 맛이라고 할 수 있다. 그래서 매운맛 놀이는 성장을 위해서 눈물 날 정도로 돈과 시간, 정성과 노력을 들여야 하는 놀이, 이를테면 외국어 공부, 자격증 취득과 관련된 활동, 건강을 위한 운동 등을 들 수 있겠다.

신맛 놀이는? 신맛하면 레몬이 바로 연상된다. 레몬은 시어서 먹는 것이 쉽지 않다. 신 것이 입안에 들어가면, 괴로워서 대충 빨리 씹다가 꿀꺽 삼켜버리게 된다. 그러고 나면 시큼, 상큰한 이국적 향이 돌며, 기분이 새로워진다. 이런 신맛을 닮은 놀이(눈을 감고 생각에 잠긴다) 아! 일상적 공간을 벗어나 이국적인 곳으로 떠나는 여행이 연상된다.

너무 엉뚱한 생각인가요?
하여간 놀이에도 맛이 있다고 생각하는 나는, 짠맛놀이를 하고 나면 단맛 놀이로 맛의 균형을 잡아준다.
사람들과 어울려 놀면, 혼자 있고 싶어진다. 친구들과 밥 먹고, 영화 보고, 수다 떨면 즐겁다. 그러면서도 집에 돌아가는 차 안, 혼자 고요히 있는 시간이 기다려지는 건 놀이에도 음식의 짠맛, 단맛처럼 맛이 있기 때문이 아닐까.

건강하려면 음식의 다양한 맛을 골고루 먹어야 하듯, 놀이 역시 다양한 맛의 놀이를 해야 하는 것 같다. 혼자서도 놀고(놀수 있고), 사람들과도 어울리고(어울릴 수 있고), 성장을 위한 활동도 하고, 직장 동료들과도 어울리고, 때로는 짬을 내서 여행도 다니고. 이런 놀이들이 우리 삶 속에서 조화를 이룬다면 좋겠다.

내일은 여고 동창생들을 만나서 놀고 싶다. 맛집 가서 밥도 먹고 수다도 실컷 떨며. 그러고 보니 며칠 혼자 집안에 틀어박혀 있었네. 어? 단짠인가? 내가 너무 단맛 놀이만 했었군. 짠맛놀이가 필요하다고 몸과 마음이 신호를 보내고 있는 거네-.

엄마는 소원을 이루셨네

김은정

엄마의 소원은 "나중에 너 닮은 딸을 낳아서 키워보라"는 한 마디에서 시작되었다. 난 엄마의 간절한 바람대로 스물일곱 살에 딸을 낳았고 딸은 날 닮았다.

내가 엄마가 되어보니 '엄마에게 난 어떤 딸이었을까?' 궁금해지기 시작했다. 내년 칠순을 앞둔 엄마와의 이야기를 기록하기 위해 이 글을 쓴다.

* 너를 꼭 닮은 딸을 낳아서 키워 보거라.

너 닮은 딸을 낳아서 꼭 키워보라고 했다. 우리 엄마의 간절한 소원은 이루어졌다. 난 나를 쏙 빼닮은 딸을 낳았다. 그 딸이 올해 스물두 살이다. 이십 년 가깝게 많은 시간을 딸과 함께했다.

아이를 키우는 엄마들은 공감할 것이다. 딸이 나처럼 말을 조리 있게 잘하고 책을 좋아하고 항상 긍정적으로 생각하려고 하는 나의 장점만 닮으면 좋겠다 싶었다. 하지만 현실은 딸의 책상 위에 책과 노트가 쌓이고 침대 위에 옷은 널브러져 있다. 딸이 정리를 못함을 깨닫는 순간, 난 절망했다. 날 닮았구나. 부모의 좋은 유전자만 쏙쏙 이어받으면 정말 좋으련만 자식만큼 원하는 대로 되는 것이 없다고 하질 않았는가. 나의 아이가 내 마음대로 자란다면 난 이 글을 쓸 필요가 없다. 나 역시 엄마가 원하는 대로 자라지는 못했으니까.

엄마가 원하는 삶은 풍요로우면서도 지극히 평범한 삶이었다. '풍요'와 '평범'은 지극히 상반되는 단어지만 엄마는 이 두 단어가 어울린다고 생각하셨나 보다. 엄마는 내가 부잣집에 시집을 가서 평범하게 살기를 바라셨다. 그런 삶은 어떤 삶일까? 난 그리 부유하지 못한 집에 시집을 가서 십 년을 채우지 못하고 이혼이란 걸 했다. 그래서 나의 결혼 생활은 평범하지도 부유하지도 못했다. 엄마의 소원을 이루어 드리지 못한 셈이다. 날 닮은 딸을 낳아서 키워보라는 소원 하나, 그건 이루어 드렸네.

* 따박따박

'따박따박'
의성어인지 의태어인지 알 수 없는 이 단어가 이렇게 현실적인 단어인지는 몰랐다. 이 단어에는 두 가지의 의미가 있다. 첫 번째는 나와 딸의 사이에서 사용하는 의미이다. 이때 '따박따박'은 아이가 내게 말대꾸를 할 때 쓰는 표현이다. 엄마의 말을 듣기는커녕 말끝마다 그녀는 '따박따박' 내게 대든다. 본인은 논리적이라고 생각하나 엄마인 나는 코웃음을 친다.
"그럼 너 혼자 살아! 내 말 듣지 않을 거면. 미성년자가 왜 미성년이야? 성년이 아직 안되었다는 의미야. 그건 이미 성년이 된 부모의 보호 속에서 살아야 한다는 의미야. 그럼 무슨 일이든 할 때 너의 보호자와 상의를 해야 할 것이라고 단 한 번도 생각을 해 본 적은 없니? 무슨 아이가 항상 선 사건 후 처리야?"
근데 사실, 사건이 먼저이고 처리는 나중이다. 당연한 거다. 사건이 나야 처리를 하지. 말하고 나니 풋! 웃음이 난다. 하지

만 나의 논리를 당당하게 늘어놓고 스스로 만족하는 순간 딸아이는 내게

"엄마, 나도 이제 열여덟이에요. 무엇을 스스로 결정할 수 있는 나이라고요. 내가 왜 스스로 무엇을 결정하지 못할 것이라고 생각해요? 우리 사이에 그렇게 신뢰가 없나요?"

'따박따박' 말로는 절대 지지 않는 그녀. 그런 그녀를 표현하는 단어다.

두 번째는 나와 우리 엄마 사이에서 사용하는 의미이다. 어떤 일을 하고 받는 대가가 매월 같은 날짜에 나의 통장으로 입금되는 소리, '따박따박'. 엄마는 내가 '따박따박' 돈이 들어오는 일을 하길 원하셨다.

주 40시간 매일 출근하는 일, 엄마는 그저 오늘 하루 최선을 다하는 것이 모여 한 달이 되면 돈이 들어오는 직업. 그것을 안정적이라는 단어로 사용하셨다. 엄마의 소원을 들어드리지 못하고 내가 좋아하는 강의를 하고 글을 쓰며 프리랜서로 일을 하였다. 돈벌이를 하고 사는 데 지장이 없었으므로. 그러다가 코로나19로 인해 강의하는 일자리가 줄어들었고 일 년 전 지방공기업에 입사를 했다. 그러자, 내 통장에 매월 20일에는 급여가 따박따박 박히게 되었다.

우리 엄마 소원을 이루셨네. 통장에 돈이 '따박따박' 들어오는 직업을 가진 딸이라니.

또한, 매월 1일에 엄마의 통장으로 용돈을 '따박따박' 보낸 지 어언 10년이 되어 간다. 엄마가 좋아하는 돈 들어오는 소리, 따박따박.

* 죽어도 학교 가서 죽어라

　엄마의 교육열은 대단했다. 초등학교 6년, 중학교 3년, 고등학교 3년 동안 난 단 하루도 학교를 결석한 적이 없다. 초등학교 4학년 때로 기억한다. 아침에 일어나 보니 머리가 너무 아팠다. 그 당시 집안의 난방을 담당하는 연료는 연탄이었다. 밤새 연탄가스가 조금 샜나 보다. 가족이 전부 연탄가스를 마셨다. 그런데 내가 유독 많이 마셨나 보다. 다른 가족들은 아프다고 하지는 않았는데 나는 머리가 아팠다. 그래도 엄마는 학교에 가라고 하셨다. 아무 생각 없이 책가방을 메고 학교에 갔다. 결국 두통을 낫지 않아 수업을 받다 쓰러졌다. 선생님이 나를 병원에 데려갔고 치료를 받은 후 날 집에 데려다 주셨다.
　집으로 돌아온 난 엄마에게 따졌다.
　"아픈 날은 학교에 하루 정도 안 가면 안 돼? 학교 안 가면 죽어? 아프면 하루 정도 안 갈 수도 있잖아. 오늘 내가 얼마나 아팠는데. 엄마는 왜 학교만 가라고 하는데?"
　엄마는 냉담하게 말씀하셨다.
　"아파도 학교에 가서 공부하다 죽으면 학교에서 학교장이 치러질 것이고, 후대에 너의 이름이 남을 것이야. 하지만 연탄가스 마시고 아파서 죽었다면 신문 사회면에 조그맣게 나오겠지. 사람은 누구나 똑같이 태어나. 태어나는 건 같지만 죽는 것은 같지 않아. 네가 무엇을 하다가 죽느냐는 것에 의미가 있지."
　아, 나의 깨우침의 시간. 그렇구나. 엄마가 나를 그리 학교로 보냈던 이유는 '의미 있는 삶'을 살기 위해서였다. 세상에 태어나 이름을 남기라고.
　아, 그 소원은 아직 이루지 못하신 듯하네. 아직까지 내 이름은 제주도 사람들만 아주 조금 알고 있으니.

* 삶의 기준

지금은 먹을 것이 많아 식탁 위에 반찬이 다양하지만 내가 어릴 적만 해도 밥상 위에 반찬은 그러지 못했다. 친구들이 학교에 싸오는 도시락 반찬도 다 비슷했다. 멸치볶음, 장아찌, 김치, 김 등 집에 있는 반찬을 덜어서 오는 정도였다. 계란 프라이와 분홍소시지는 고급 반찬이었다. 비엔나소시지는 부러움의 대상이었다.

집에 와도 뭐 별반 다를 게 있을까? 당시 선풍적인 인기를 끌었던 참치 캔의 참치를 넣고 끓인 김치찌개 하나에 온 가족이 둘러앉아 밥을 먹었다.

"엄마, 고기 먹으면 안 돼?"

"다음에 사 줄게."

"다음에 언제?"

"은정아, 사람은 먹고사는 것은 자신보다 못한 사람을 보면서 지금 내가 행복하구나라고 생각하고, 공부는 나보다 잘하는 사람을 보면서 나도 저렇게 잘할 수 있도록 노력해야지 하는 거야. 지금 이 밥상 앞에 있는 것도 충분히 감사하길."

아, 김치찌개만 지독히 먹고도 난 초등학교 4학년 기말고사에서 전교 1등을 하였다. 전 과목 100점을 맞았거든. 나보다 공부 잘하는 사람 보기 싫어서.

엄마는 소원을 이루셨네. 공부 잘하는 딸.

엄마와의 기억을 하나씩 더듬어 보다가 엄마의 젊었을 적 사진을 꺼내 보았다. 지금 내 나이보다 더 어렸을 적 엄마는 앳되어 보였다.

내 나이 올해 마흔여덟 살. 우리 엄마는 마흔여덟 살에 할머니가 되었다. 내가 엄마가 된 해니까.

엄마의 사진을 보며 너무 일찍 할머니를 만들어 미안하기도 했지만 여전히 젊은 할머니인 엄마도 난 좋다. 엄마가 나에게 바라는 소원은 많지만 내가 엄마에게 바라는 소원은 단 하나. 앞으로도 더 많은 시간을 나와 함께였으면 한다는 거.

며칠 전 담근 파김치를 싸들고 내일은 엄마 보러 가야겠다. 남들은 엄마가 김치를 해준다는 데 엄마는 내가 해준 김치가 맛있단다. 수능시험이 끝난 내게 엄마는 요리를 가르쳐 주셨다. 사람은 자신이 먹을 건 스스로 책임질 줄 알아야 한다고. 그때 배운 요리 실력으로 결혼 후에는 한식, 양식 조리사 자격증도 취득했다.

우리 엄마 소원 하나 또 이루셨네. 요리 잘하는 딸.

세상의 모든 엄마들과 딸을 응원한다. 그리고 내가 우리 엄마의 딸임과 동시에 내 딸의 엄마임에 감사한다.

꽃무늬 원피스

김은정

"가위, 바위, 보."

"으악!"

대학 체육대회 때 신입생을 위한 경기인 말 타기 놀이에서 남들보다 키가 크고 운동을 잘해 제법 튼튼한 말이었던 나는 '가위, 바위, 보' 소리가 끝남과 동시에 와르르 무너지고 말았다. 나의 스무 살도 함께.

이후에 나는 119구급차에 실려 병원으로 갔다. 구급차에서 구급대원들은 수시로 나의 신원을 물었다.

"이름이 뭐예요?"

"김은정씨, 생년월일과 주소를 말씀해 보세요."

다친 다리는 아픈데 자꾸 이름, 주소, 생년월일 등을 귀찮게도 물어본다. 그리고 응급구조사는 내게 계속 괜찮을 것이라고 위로했다. 병원에 도착하여 의사를 만나기 전까지 난 정말 괜찮을 줄 알았다.

"더 이상 정상으로 걷기는 힘들 것 같습니다."

의사는 내게 어떤 선고를 내렸다. 그 뒤로 난 몇 년 동안 남들처럼 걸을 수 없었다. 휠체어를 탔고 목발을 짚었고 오랜 시간 동안 깁스를 했다.

두 번의 수술을 끝내고 재활치료를 했다. 첫 번째 수술은 파열된 무릎 인대와 연골을 보완하는 것이었다. 의사들은 생각했던 것보다 더 심하게 다쳐 수술을 한 번 더 해야겠다고 했다. 연결된 인대가 다시 끊어져 버렸기 때문이다.

수술 후 통증은 아빠의 눈물을 보며 참아냈고 재활치료의 괴로움은 엄마의 단호한 눈빛으로 견디어 냈다.

내게 문제가 되었던 건 무릎의 앞뒤로 30센티미터가 넘는 수술 상처였다. 지금은 의술이 발달하여 이런 상처가 생기지 않게 수술하겠지만 28년 전이니 지금만큼 수술 방법이 좋지는 못했을 것이다.

무릎이 드러나는 옷은 입지 않았다. 여름에 아무리 더워도 긴 바지를 입었다. 용기가 나지 않았다. 나의 상처가 드러나는 것이 두려웠다. 항상 긴 바지만 입고 다녔다.

어느 날, 엄마께서 꽃무늬 원피스를 사 오셨다. 원피스는 딱 무릎길이만큼 이었다. 엄마의 응원으로 용기 내어 원피스를 입었다. 파란색 작은 꽃무늬들이 어우러진 예쁜 원피스였다. 나비가 금방 내게 와서 인사할 것 같은 그런 꽃. 원피스와 어울리는 큐빅 보석이 박힌 샌들도 신었다. 사고가 난 지 3년 만이었다. 꽃무늬 원피스를 입고 버스를 타고 학교에 갔다. 학교에 도착하여 버스에서 내리려는데 샌들의 큐빅 보석이 반짝거리며 나와 눈이 마주치는 순간 어지러웠다. 사람들이 모두 내 무릎 상처를 보는 것만 같았다. 원피스는 5월에 부는 바람에 조금 살랑거렸다. 따사로운 바람이 나의 머리카락을 스쳤다. 세상이 온통 뱅뱅 돌았고 그 순간 난, 원피스의 꽃무늬보다 훨씬 더 작아졌다.

그대로 집으로 돌아오는 버스를 탔다. 집에 도착한 나는 원피스는 벗어 던지고 난 후, 한참을 펑펑 울었다. 꽃무늬가 너무 미워보였다. 아니, 너무 예뻐서 싫었다. 그 예쁜 것이 내 것이 될 수 없어서, 그렇게 나의 20대는 몸도, 마음도 아팠다.

"아빠, 저 이혼하려고 해요."

결혼 후 몇 년 동안 그 누구에게도 나의 결혼 생활의 어둠을 내비치지 않았었다. 내가 노력하면 잘 살 수 있을 것이라고 생각했기 때문이다. 그러나 살다 보니 겉으로 드러나는 큰 문제도 힘들었지만 드러나지 않은 문제들이 쌓이고 쌓이니 해결 될 실마리가 보이지 않았다.

"딸이 이혼녀라는 사실은 싫지만 내 딸이 불행한 건 더 싫다. 너의 결정에 따르마."

엄마가 차려준 저녁밥을 먹는 내내 아빠의 말이 까끌까끌한 밥알이 되어 삼키기 힘들었다. 눈물인지 콧물인지 밥그릇에 흐르고 있는데 그런 나를 아무 말 없이 바라보는 부모님 앞에서 난 다시 작아졌다.

그렇게 난 불행한 유부녀 보다 덜 불행할 것 같은 서른네 살의 이혼녀가 되었다. 더욱이 스무 살에 다친 상처의 후유증으로 인하여 장애까지 얻게 되었다. 오래 걸을 수 없었고 계단을 오르내릴 수 없었다. 몸도 마음도 지쳐갔다. 나의 의지대로 되지 않는 그 무엇들이 싫었다. 한부모 가정의 가장으로 두 아이에게 부끄러운 엄마가 되지 않으려고 열심히 살았지만 나를 보듬을 마음의 여유는 없었다. 둘에서 다시 하나가 된 나의 상처를 세상 사람들이 다 수군거리는 것 같았다. 꽃무늬 원피스를 입었던 20대의 그 어느 날처럼 난 사람들을 피했고 일을 하는 것 외에는 외출을 하지 않았다. 아이 둘을 혼자 키워서 행여나 아이들이 잘못되지는 않을까 늘 노심초사했지만 다행히 내 곁에는 부모님이 계셨다. 내가 흔들릴 때마다 나를 언제나 든든하게 지탱하여 주셨다.

그때 나를 보듬게 하는 이가 내 앞에 나타났다. 고등학교 동창회에서였다. 그는 내게 넌 지금 충분히 예쁘고 사랑스럽고 아이들에게 좋은 엄마라고 말해 주었다. 그는 나를 포함하여 내 아이들에게까지 큰 울타리가 되어 주겠다고 했다.

우리 집에는 지금 다섯 명의 가족이 살고 있다. 나를 보듬어 주는 남편과 이제 어른이 된 친구 같은 대학생 딸과 아들, 그리고 사랑의 결실인 아홉 살 막내아들이다. 언제나 이야기꽃이 피어나고 막내의 재롱에 늘 웃음꽃이 핀다. 아이들의 각자의 자리에서 열심히 지내고 있고 남편은 든든한 우리의 버팀목 역할을 하고 있다. 얼마 전 내 생일에 남편은 내게 꽃무늬 원피스를 선물해주었다. 20대에 입었던 파란 작은 꽃무늬가 있는 원피스가 아니라 빨간 큰 꽃이 그려진 화려한 원피스였다. 원피스를 입었다. 남편은 내게 참 어울린다고 말했다. 내 무릎의 상처는 여전했지만 보이지 않았다. 나에 대해 수군거리는 사람도 없었다. 거울 안에는 수줍지만 예쁜 스무 살의 내가 있었다.

우리는 흔히 절망에 빠지게 되면 '수많은 사람들 중에 내가 왜 하필 이렇게 되었을까?'하는 생각에 괴로워한다. '살면서 나쁜 짓을 한 적도 없고 법을 어긴 적도 없는데 왜 이러한 상황이 내게만 왔을까?'라는 생각을 하며 힘들어한다. 나 역시 그랬었다. 창창할 것만 같았던 스무 살 오월의 햇살 아래서 나는 왜 하필 그곳에 있었을까? 의사가 내게 담담하게 앞으로는 휠체어를 타야 하고 목발을 이용해야 된다고 말했을 때에도 난 인정하지 못했었다.

'내가 왜?'

그리고 서른네 살, 난 혼자되려고 결혼한 것도 아닌데 다시 혼자가 되었다. 혼자가 되려고 결혼을 하려고 한 것도 아닌데.

살아가면서 무슨 일이든 일어날 수 있다. 어떠한 상황이든 어떻게 수용하는가는 매우 중요하다. 내 나이 이제 마흔여덟이다. 사람의 평균수명으로 보았을 때 인생의 반 정도 살았다. 그러나 지금까지 살아온 나보다 앞으로 살아갈 내가 더욱 중요하다. 나의 과거의 경험을 발판으로 난 더욱 건강해지고 행복해지고 싶다. 가족의 사랑이 있고 몸은 조금 불편하지만 건강한 정신이 있기 때문이다.

남편에게서 선물 받은 꽃무늬 원피스를 입고 출근했다. 햇살이 반짝인다. 나도 반짝인다. 나는 세상에서 가장 큰 꽃이 될 것이다.

눈물은 힘이 세다

희망희정

한여름이 되면 떠오르는 몇 사람의 기억이 있다. 떠오르면 미소가 지어지는 일이 있는가 하면 다시 그날처럼 화가 나기도 하고 오늘처럼 눈물이 차오르기도 한다. 어제 상담계의 큰 별이신 최헌진 선생님께서 하늘의 별이 되셨다는 소식을 접했다. 감정이 전염되듯이 생각도 연결이 되고 또 다른 죽음이 불현듯 찾아와 슬픔이 차오른다.

2009년 8월 석사 재학 중이던 나는 교수님과 동기들과 강화도에서 인간관계 워크샵 일정 중이었다. 어린 시절 친동기처럼 지내며 자란 동갑내기 사촌의 갑작스러운 부고 소식을 전해 들었고, 무거운 마음으로 서둘러 제주에 내려온 후 빈소를 찾았다.

사진 속 녀석의 얼굴은 여전했다. 짧은 커트에 주근깨가 살짝 있는 갸름한 얼굴, 입가에 살짝 번진 미소. '녀석 잘 생겼네.' 생각하며 절을 했다. 초등학교 고학년 시절부터 녀석은 늘 그랬다. 특공무술을 배우고 박남정 춤을 멋있게 출 줄 알았다. 얼굴도 잘생겨서 같은 학교 여학생들의 인기를 독차지했다. 녀석의 방은 마치 연예인의 방처럼 유리병에 담긴 종이학, 인형들이 가득했다. 팬레터들가 여러 통 매일 배달되었다. 작은 가게를 운영했던 녀석의 집에 바쁜 시즌이 오면 녀석의 팬들은 발 벗고 나서서 일손을 도우러 오곤 했었다.

녀석의 빈소에는 그 당시 골수팬 중 몇 명이 여전히 옆자리를 지키고 앉아 있었다. 녀석의 기억이 파노라마처럼 지나가고 있을 때 친척들의 목소리가 나를 깨웠다.

어릴 적엔 그냥 남자 같은 성향의 여자아이로만 생각했는데 성인이 되고 미용사가 된 후에도 늘 한결같은 모습이었다. 성적 소수자의 삶을 살면서 가족과 친척에게도 외면당한 채 고향에도 잘 내려오지 못하고 외롭게 40년도 채우지 못한 삶을 살다 간 녀석.

죽기 몇 년 전 제주에서 스치듯 한 번 봤지만 그땐 정말 그냥 스친 것일 뿐이었다. 스친 후 '얘기를 좀 나눠볼 걸~'이란 생각을 잠시 한 것 말고 녀석을 떠올린 적이 없다.

녀석을 마지막으로 제대로 만난 건 20대 후반이었다. 미용을 배운다며 머리 색깔을 온통 무지갯빛으로 물들였고, 손가락 피부가 약품으로 다 뒤집어진 걸 보여주며 뿌듯해하던 모습이 기억난다. 내가 공부하겠다고 서울로 올라갔을 때였다. 녀석은 자기가 몇 년 먼저 서울 생활을 시작했다고 이런저런 조언을 해주고 맛있는 저녁까지 사주었다.

가슴이 먹먹해지고 목구멍까지 무언가 올라오는 느낌을 꾹꾹 누르며 참았다. 제주에 내려왔다는 소식을 들어도 연락 한 번 하지 못한 나 자신을 비난하기도 했다. 그 해 여름은 유난히 길었다. 죽음을 선택한 녀석이 원망스러웠고 안타까웠지만 난 눈물 한 방울 흘리지 않았다.

1년 후 녀석의 기일 즈음. 늦은 밤이었는지 이른 새벽이었는지 기억이 잘 나지 않는다. 오랜 친구로부터 걸려온 전화. 친구의 남편이 지금 한라병원 응급실에 있다는 연락이었다. 친구의 남편이기도 하지만 대학 선배로 오래 알고 지내는 사이였다. 유머가 있고 화통한 성격이고 내 남편과도 같은 과 선후배여서 함께 만나 술 한 잔을 하기도 했었다. 나한테 늘 "다마네기!" "미스다!!"라고 장난치며 부르던 목소리가 전화기 너머로 생생하게 들려왔다. 선배가 부르는 장난스러운 목소리를 다시는 들을 수 없게 되었다. 내내 담담한 모습을 보이는 친구 곁에서 밤을 지새우고 다음날 새벽 장지에서 하관하는 모습을 지켜봤다. 집으로 돌아오는 차 안에서 목구멍까지 치밀어 오르는 무언가를 느꼈고 다시 꾹꾹 눌렀다. 그날에도 난 눈물 한 방울 흘리지 않았다.

그때부터였나? 목구멍에 걸린 그것은 내려가지도 더 이상 올라오지도 않고 나를 괴롭히기 시작했다. 가슴이 답답했다. 머리는 멍했다. 일을 제대로 할 수 없었고 잘 들리지도 않고 보이지도 않고 말을 하기도 싫어졌다. 점점 무기력해지는 것을 느꼈지만 아무것도 할 수 없었다.

그렇게 한 달, 두 달, 얼마나 지났는지 모르겠다. 어느 토요일 오전. 격주로 학교에 가던 시절이어서 애들은 학교에 가고 남편은 출근을 해서 주말에 쉬는 나 혼자 집에 있게 되었다. 드라마였는지 영화였는지 어떤 장르의 TV 프로그램이었는지 기억나지 않지만 무언가를 보고 있었다. 어릴 적 돌아가신 큰언니, 1년 전 죽은 사촌, 얼마 전 죽은 선배의 얼굴이 줄줄이 떠올라 내 머리를 중심으로 빙글 빙글 돌아다녔다. 그들의 죽음을 슬퍼하는 가족과 주변 사람들, 그 당시 상황이 마구잡이로 떠올랐고, 목구멍에 걸린 그것이 꿈틀대기 시작했다. 다시 가슴이 답답해지기 시작했고 심장이 벌렁벌렁하는데 밖으로 튀어나오거나 안에서 터져버리는 거 아닌가 싶었다.

그 때였다. 마치 또 다른 내가 위에서 나를 바라보면서 다정하지만 단호하게 말을 하는 것이 들렸다. '너도 울어, 울어도 괜찮아. 실컷 울고 나면 어떤지 한 번 해 봐!' 여러 차례 반복해서 들리는 그 소리에 조금씩 조금씩 눈에 고인 눈물이 흐르기 시작했다. 나는 평생 울어보지 못한 사람처럼 울었다. 그렇게 큰 소리로, 그렇게 오래 울어본 건 처음이었다. 전에 울어본 적이 있긴 했던가? 한참을 울었더니 답답했던 가슴이 뻥 뚫리고, 목구멍에 걸렸던 그것이 쑥 내려가는 것이 느껴지면서 시원해졌다. 처음이었다. 그렇게 울었던 건.

그렇게 울음이 터진 이후부터 영화나 드라마를 보다가 심지어 그림책을 애들에게 읽어주다가도 훌쩍인다. 막혔던 눈물샘에 구멍이 생겼나보다. TV를 보면서 혼자 울고 있는 나를 보며 내 아이들은 "엄마 또 운다. 울어. 쯧쯧쯧~" 하며 지나가곤 한다. '그래. 엄마 운다. 울지도 못하고 살던 시절을 생각하면 지금 엄마는 너무나도 행복하거든.'

울지 않는 아이

희망희정

'덮어놓고 낳다 보면 거지꼴을 못 면한다.' 이 표어가 나왔던 딱 그 시절 내가 태어났다. 그것도 다섯째로. 살림 밑천이라는 큰 딸에 아들을 연달아 둘을 더 낳고도 또 딸을 낳아 아빠의 귀여움을 받는 막내로 자라고 있었다고 둘째 언니에게 들었었다. 나라에서도 낳지 말라고 온통 표어며 공익광고를 해대는 와중에 내가 태어났지만 우리 집은 다행하게도 거지꼴은 면했다. 그 후에도 또 두 살 터울 남동생인 막내가 태어났으니, 나는 5남매의 막내도 아닌 6남매의 다섯째가 되었다.

50년대 생인 큰언니는 늘 어른스러웠고, 60년대 생인 오빠 둘과 언니는 나랑 남동생 놀리기가 취미였고 시에서 태어나서 자랐다고 고생 한 번 안하고 곱게 자란 취급을 하곤 했다. 내가 보기엔 60년대 생 오빠, 언니들도 뭐 별다르게 하는 것 같아 보이지도 않았는데 말이다.

어릴 땐 아들과 딸을 차별한다는 생각을 하지 못했다. 그만큼 그냥 당연한 생활이었던 것이다. 식구가 많아서 한 상에 다 먹을 수가 없으니 다른 상에 나눠서 먹는 거라고 생각했다. 사실 그런 생각할 겨를도 없었다. 냠푼에 떠진 밥을 한 숟갈이라도 더 먹으려면 생각이란 걸 할 시간이 없었다. 돌이켜보면 큰언니랑 엄마가 아니라 큰오빠가 늘 아빠랑 둘이서만 한 상에서 밥을 먹었던 것 같다. '큰아들이라서 그랬던 거였구나.'란 생각은 고등학생이 되어서 했던 것 같다.

그때부터 나는 '여자가~~' '여자는 ~~해야 하는 거여' 등의 말이 시작되면 반사적으로 뚜껑이 열리기 시작했다.

곤밥(흰쌀밥)을 먹을 수 있는 제사에 쫓아가는 일, 골목길에 나가서 어두워질 때까지 뛰어노는 것을 좋아했고, 오빠들 학교 갈 때 끈질기게 쫓아가서 "오빠야~10원만~10원마안~~~" 조르고 졸라서 받아낸 돈으로 남동생이랑 자야나 아폴로를 사먹으면 그저 행복했다. 목욕탕 가는 것을 정말 싫어했고, 동네 몇 마리 있던 커다란 개들을 무서워했다.

아빠, 엄마는 일하러 나가시고 언니랑 오빠들이 학교에 가면 남동생이랑 나, 둘만 집에 남곤 했다. 그땐 집에 TV도 없었고, 책이나 장난감도 없었다. 둘이 놀다가 심심하면 동생 손을 잡고 밖으로 나갔다. 하나, 둘, 집에 남아있는 아이들끼리 공터에 모여서 놀기 시작했다. 구슬치기, 딱지치기를 하거나 오징어게임, 숨바꼭질, 소꿉장난 등을 하다가 다퉈서 우는 애들이 생기기도 했다. 저녁 먹을 시간이 되도록 놀다가 엄마들의 이름을 부르는 큰소리를 들어야 다들 집으로 돌아가곤 했다.

동네 아이들은 가끔 한 번씩 작당을 해서 다른 마을로 모험을 떠나곤 했다. 여기서 늘 문제가 발생했다. 그 문제는 바로 나였다. 모험을 떠났다가 다들 집으로 돌아오는데 나만 밤이 되도록 돌아오지 못하곤 했다. 대여섯이 출발을 해서 무작정 길을 따라 걸어갔다. 나는 동네 아이들 중 거의 제일 뒤에 있을 때가 많았다. 잘 따라간다고 갔는데 어느 순간 아무도 보이지 않았다. 겁을 먹고 빠른 걸음으로 여기저기 찾아보고 불러도 대답이 없었다.

훅~두려움이 나를 덮치고 나는 주저앉아 엉엉 울었다. 한참 울고 있다 보면 누군가 나를 데려가곤 했다. 누가 데려가든 또 잘 따라갔다. 나를 데려간 집에서는 달래주고 씻겨주고 밥도 먹여주고 놀아주곤 했다. 길 잃은 아이에게 그렇게 해주는 그땐 참 좋은 시절이었다. 그러다가도 집으로 무사히 돌아가곤 했으니. 나는 먹고 놀고 실컷 하다 어둑어둑해져서야 동네 유일하게 전화가 있는 담배 가게의 전화번호를 알려줬다. 번호를 기억하면서도 무엇 때문에 저녁까지 먹은 후에야 알려주고 나를 찾으러 오게 했는지 지금도 궁금하다. 전화 통화가 끝나면 담배 가게에 세 들어 사는 택시 운전하던 삼춘이 언니나 오빠랑 같이 나를 태우러 왔다. 집으로 돌아간 후 혼났던 기억은 별로 없었다. '엄마랑 아빠는 내가 사라졌다 온 사실을 몰랐었나?', '그래서 그런 기억이 없나?' 하는 생각이 문득 든다. 엄마가 종종 '넌 이 집에서 사는 것이 기적이여~'란 말을 했던 걸 보면 그건 아닌데. 4살에서 6살 쯤 내가 길을 잃어서 울던 기억만도 서너 번 이상이니 틀린 말도 아니다.

초등학교에 입학하고 첫 여름 방학이었다. 아빠가 술을 드시고 자전거를 타다가 내창(하천) 아래로 추락하는 사고가 났고 의식이 없이 중환자실에 있었다. 당시에 어른들 하는 말을 엿들었을 때 아빠가 시체실에 계시다고 해서 섬뜩했던 기억이 난다. 엄마는 아빠가 있는 병원에 늘 가 계셔서 큰언니가 다섯 명의 동생들을 돌보고 있었다.

큰언니는 고등학교를 졸업하면서부터 동네에서 결혼을 앞둔 총각 삼춘들에게 인기가 많았는데 병원에 계신 부모님께 아니라 집으로 과일을 사다주기도 했다. 그러던 어느 날 큰언니가 아빠가 계신 병원에 실려갔고, 다시는 큰언니를 볼 수 없었다. 참외를 먹고 급체를 한 것이 아닌가. 여러 어른들 얘기를 종합해서 짐작하고 있는 큰언니가 돌아가신 이유였다. 대학생 때였나? 누운 건지 앉은 건지 애매한 자세로 참외를 먹다가 둘째 오빠한테 엄청 혼났었다. 내 행동보다 너무 크게 혼을 낸다고 생각했지만 아무 말을 할 수가 없었다. 순간 왜 그랬는지를 알아버렸기 때문이었다.

 어쩌면 다시 볼 수 없을 거라 생각했던 아빠는 척추를 두 마디나 잘라내는 수술 후에 집으로 돌아왔다. 집에 돌아온 후에도 한참을 혼자 움직일 수 없었지만 언제부터인지 다시 일을 하기 시작했다. 요즘처럼 에어컨을 많이 켜는 계절엔 아직도 등이 시리다고 하신다.

 큰언니를 다시 볼 수 없었지만 큰언니의 그림자는 집 안 곳곳에서 느낄 수 있었다. 8살이었던 나는 엄마랑 아빠가 속상해할까봐 늘 전전긍긍했다. 6살 막내인 남동생은 내가 챙겨야 한다는 생각을 그때부터 했는데 남동생도 누나인 나를 챙겨야 한다고 생각했다는 걸 커서 알았다. 집안일을 어떻게 하는지 궁금해 하며 배우려고 이것저것 물어보면 엄마가 좋아했다. 혼자 조용히 책을 읽거나 그림을 그리고 있으면 가만히 머리를 쓰다듬어주실 때도 있었다. 그 후로 남동생하고 한 번도 싸워본 적이 없다.
 나의 그런 노력에도 엄마는 늘 슬퍼 보였다. 뒷모습이었지만 나는 엄마의 눈물을 볼 수 있었다. 볼 때마다 마음이 아팠고, 두려웠다. 나랑 남동생에게 장난치고 괴롭히기 좋아하던 오빠들도 더 이상 우리와 놀아주지 않았다.

그때 훔쳐봤던 작은 언니 일기장에 선명하게 찍혀있던 커다란 눈물 자국을 아직도 선명하게 기억한다.

나의 어린 시절은 여덟 살에 끝이 났다. 큰언니가 돌아가셨을 때 난 울지 않았다. 엄마의 울고 있는 뒷모습을 보면서도 울지 않았다. 작은 언니의 눈물 자국이 찍힌 힘들어하는 일기장을 훔쳐 읽으면서도 울지 않았다. 손가락이 휘어질 정도로 다쳐도 울지 않았다. 나는 그렇게 울지 않는 아이가 되어 있었다.

오늘도, 끄적임

김형선

'끄적임'하면 낙서, 메모, 기록, 다이어리 같은 단어들이 떠오른다. 끄적거리는 것을 좋아하는 나에게 꼭 필요한 물건은 바로 다이어리다.

다이어리를 고를 때 나만의 원칙이 있다. 디자인은 단순하고 가격은 부담스럽지 않으면서 크기는 A5보다 작은 것, 다이어리를 펼쳤을 때 가운데가 쫙 펴지는 것. 그래야 글쓰기가 편하니까. 월 계획표는 여유 있게 한 달이 더 있으면 좋고 첫 주의 시작은 일요일이어야 한다. 주 계획표는 다음 달로 연결이 되지 않고 그달에 마무리를 지을 수 있어야 한다. 그래야 매달, 매주 새로운 마음으로 시작할 수 있으니까.

매년 다이어리와 펜을 고르는 일은 나에게 작은 기쁨이었다. '어떤 펜을 사야 더 예쁘게 다이어리에 쓸 수 있을까?', '올해는 표지를 무슨 색으로 골라볼까?' 한 달 여유 있는 다이어리를 고르면. 사자마자 바로 기록할지, 새해를 기다려 1월부터 기록할지 행복한 고민에 빠진다.

새로 산 다이어리의 첫 장 기록은 각오가 남다르다. 매번 같은 다짐이라도 적다 보면 새로운 마음이 든다. 다이어리에 계획도 세워보고 목표를 이룬 모습도 상상한다. 어려운 일이 생길 때 머릿속을 정리하다 보면 해결 방법을 찾기도 한다. 한 해 동안 수고했던 나의 흔적을 보며 한 해를 마무리하고 새해를 다시 시작한다.

어린 시절에는 방학 숙제로 일기 쓰기가 있었다. 방학 기간에 숙제로 낸 일기 쓰기는 밀리기 일쑤였다. 밀린 일기를 쓸 때면 지난날에 어떤 일이 있었는지 머리를 쥐어짜는 날도 있고 어떤 날은 제목만 미리 써두기도 했다. 또 어떤 날은 지난 일이 기억이 나지 않아 이야기를 지어내기도 했다.

어른이 되어 다시 읽어보는 나의 어린 시절 일기는 재밌다. 사소한 일에 즐거워하기도 하고 별일 아닌 일에 진지하기도 했다. 내가 기억하는 초등학교 시절의 마음과 일기에서 표현된 마음이 달라서 놀라기도 했다. 기억의 왜곡! 20년 넘게 같이 산 언니가 '한 사건인데 너의 기억과 나의 기억은 다르다.'라는 말과 차영민 작가님이 지금 떠오르는 일, 생각을 기록해두지 않으면 나중에 잊혀서 이야기가 다르게 기억되기도 한다는 말이 떠올랐다. 그날그날 떠오르는 생각이나 있었던 일을 미루지 않고 바로 기록으로 남겨두는 일이 얼마나 중요한지 다시 한번 느꼈다. 어릴 적 일기를 보며 어떤 때는 꽤 진지했던 어린 시절의 나로 돌아가 지금 아이들 마음도 헤아릴 수 있었다.

중학교 시절에는 '교환일기'가 유행했다. 노트 하나를 정해서 편지를 주고받는 것이다. 이때도 노트를 얼마나 신중하게 골랐는지 순수했던 그 시절을 떠올리며 웃음이 난다. 좋아하는 남자친구와 서로 좋아하는 마음을 확인하기도 하고 친구들과 사랑보다 진한 우정을 과시하기도 했다. 사춘기 시절 친구가 좋아서 글씨체도 따라 쓰고 행동도 따라 하며 닮아갔다.
'그땐 그랬지.'

고등학교 시절에는 계획하고 상상하길 좋아해서 공부 계획을 수시로 세웠다. 대학교 시절에는 친구들과 수업이 끝나면 무엇을 하면서 놀 것인지 계획을 세우기에 바빴다.

나는 그렇게 계획하기를 좋아하고 무엇이든 메모하고 끄적이는 것을 좋아하는 어른으로 자랐다. 나의 기록에 대한 열정은 첫 사회생활을 막 시작했을 때 절정이었다. 영어 공부하기, 전공 서적 공부하기, 수영 등등 새해 목표 뿐만 아니라 내가 아는 모든 이의 생일과 각종 행사를 연간 계획표에 적었다. 그리고 월, 주, 일 계획표를 꽉 채웠다. 색깔을 바꿔가며 적기도 하고 그림을 그려 넣기도 했다. 중요한 일정에 형광펜과 별표도 잊지 않았다.

결혼하고 아이를 낳고도 다이어리 구매는 계속했지만, 끝까지 채우지 못했다. 세상 중심이 내가 아닌 아이들 위주로 돌아갔다. 어린아이들을 돌보며 따로 시간을 내서 다이어리를 쓸 에너지가 없었다. 다이어리 꾸미기의 즐거움이 사라지고 아이들을 돌보는데 에너지를 쏟았다. 예전처럼 다이어리를 구매하지는 않았지만, 계획과 상상을 좋아하는 나를 막을 수는 없었다. 다이어리 대신 눈에 보이는 종이에 공백만 있으면 아무렇게나 휘갈기며 아쉬운 마음을 달랬다.

다이어리 소유욕이 사라진 어느 날 언니가 선물인 듯 선물 아닌 다이어리를 선물했다. 언니가 쓰려고 샀는데 본인과 잘 맞지 않는다고 했다. 언니가 선택한 다이어리의 크기는 A5 크기로 내가 원래 사용하던 크기의 다이어리보다 조금 컸다. 크기는 마음에 들지 않았지만, 카키색 가죽 덮개가 마음에 들었다.

내가 관심을 가지고 팔로우를 하는 정리 인플루언서도 사용하는 다이어리라서 더욱더 마음이 갔다. 그 다이어리에 대해 검색해보니 특허로 등록되어있는 '3P 바인더'로 시간 관리를 철저히 할 수 있도록 만든 다이어리다. 시간 관리뿐만 아니라 목표관리, 독서 관리, 재정관리, 인맥 관리 등 체계적이었다. 그런데 언니가 구매한 다이어리 속지는 나의 다이어리 선택 원칙에서 많이 벗어나 있었다.

"언니, 다이어리에 월간 계획표가 없어!"
"응, 따로 살 수 있는데 나한테는 필요가 없어서 안 샀어."

주간계획표는 내가 알고 있던 서식과 조금 달랐다. 더 자세히 알아보기 위해 동영상도 찾아봤다. 시간과 마음의 여유가 없는 내가 이렇게 공부까지 하면서 써야 할 일인가 싶었다.
'사람들한테 인기가 많은 데는 이유가 있겠지?'라고 생각을 바꾸고 잘 활용하면 시간 관리도 되고 여유가 생길 수 있겠다는 생각도 들었다.

'제대로 써보자.'

동영상에 나온 다이어리 작성법에 맞춰 내가 원래 계획했던 일과 실행한 일을 겹쳐서 썼다. 할 일을 기록할 때도 우선순위를 두고 상단에는 사적인 일을 위에서 아래로, 하단에는 공적인 일을 아래에서 위로 기록했다. 하루 이틀은 내가 계획한 대로 잘 실천했다. 시간을 허투루 쓰고 싶지 않은 나에게 조금은 잘 맞는 것 같았다. 하지만 그 기록은 오래가지 못했다. 처음부터 내가 원하는 속지로 채워지지 않은 다이어리라 그런 것도 있지만 바로바로 스마트폰에 기록하는 일이 익숙해져 있던 나는 다이어리에 손이 가지 않았다.

과거에는 수기로 작성하는 기록이 소중했다. 더 예뻐 보이려고 다양한 글씨체를 연습해가며 다이어리를 꾸몄던 지난날에 미소가 번진다. 집안 정리와 물건정리에 빠진 요즘, 다이어리도 함께 비웠다. 소중한 기록은 일부만 낱장으로 남겨 보관하거나 사진으로 찍어뒀다. 최근에는 마음만 먹으면 언제든지 볼 수 있도록 블로그에 기록으로 남겨둔다. 끄적임의 즐거움이 시대에 맞춰 아날로그에서 디지털로 바뀌었지만, 여전히 아날로그 끄적임이 좋다.

조만간 여유를 갖고 '3P 바인더' 다이어리에도 끄적이는 날을 바라본다.

엄마의 마흔셋

김경희

"언니, 엄마가 이상해, 병원으로 빨리 와줘."

여동생의 다급한 목소리가 스마트폰 너머로 들려왔다. 퇴근 후 동네 책방 수업을 들으러 운전하고 가던 참이었다. 운전대를 돌려 병원으로 황급히 갔고, 응급실 앞 차 안에서 가방에 비상으로 갖고 있던 자가 진단 키트를 개봉해서 아쉬운 대로 코에 찔러 넣었다. '헉'하고 콧속이 아파져 왔다. 급하게 찌르는 바람에 너무 깊숙이 넣었나 보다. 눈물이 핑 돌았지만, 시약을 묻혀 반응을 기다렸다. 이미 사무실이나 집에서 여러 차례 했었지만, 손이 떨렸다. 엄마가 잘못될 수도 있겠다는 불안감이 엄습해왔다. 친정엄마는 작년 9월에 왼쪽 무릎관절 수술을 받고 경과가 좋아 오른쪽 무릎관절 수술을 며칠 전에 받았다. 주중에는 여동생이 간호하고 주말은 내가 맡기로 했다. 지난 일요일 입원해서 월요일 아침 수술을 받았는데 화요일부터 열이 나서 사흘째 떨어지지 않고 있어 형제들이 걱정하고 있던 참이었다. 응급실 입구에서 동생에게 도착했다고 전화를 했다. 동생은 수분이 지나서야 보호자 명찰을 메고 나타났다.

"언니, 미안. 엄마가 화장실 다녀오고 싶다고 해서 다녀오는 바람에 좀 늦었어. 언니 온다고는 말해뒀어."

동생의 눈은 이미 빨개져 있었고 눈 주변은 부어있었다. 너무 걱정하지 말라고 안아주고 보호자 명찰을 건네받아 서둘러 4층 병동으로 올라갔다. 다인실 병실에는 이미 다섯 개의 침대에 환자가 들어차 있었고 오른쪽 안쪽 침대에 엄마가 멍하니 앉아 있었다. 침대에 매달려 있는 소독 젤을 손에 바르며 엄마 앞으로 다가갔다.

"엄마, 나왔어, 내 이름이 뭐야?"

"경희지."

"그럼, 엄마 이름은 뭐야?"

"양순옥."

"순옥 씨는 몇 살이야?"

"마흔셋."

가슴이 철렁했다. 동생에게 듣던 대로 엄마 기억이 온전치 않았다.

"엄마, 여기가 어디야?"

"집이지."

눈앞이 캄캄해졌다.

"엄마, 기억 안 나? 여기는 병원이고 무릎 수술받았어. 그리고 엄마 팔십이야."

최대한 놀라지 않은 표정을 지으며 잠시 누워있도록 해드리고 간호사를 불러 주치의를 호출해 달라고 부탁했다.

주치의에게 일련의 상황을 알려주니 수술 후 열이 안 떨어지는 것은 폐 하부 정맥에 혈전이 생겨 그런 것이라 했다. 그것과 헛말과는 직접 연관이 없다고 했다. 혈전으로 뇌에 이상이 생겼다면 오히려 언어 발음이나 운동능력이 이상해진다고도 했다. 엄마에게 지금 나타나는 것은 혈전이나 뇌 이상이 아닌 치매나 섬망 증상에 가깝다고 했다. 예전보다 총기가 떨어지긴 했으나 치매로 보이지는 않았다. 그렇다면 섬망일 테니 시간을 두고 안정감을 찾게 보살펴드리면 될 일이었다.

"엄마, 누가 제일 보고 싶어요?"

"자식들은 다 보고 싶지."

놀란 형제들이 마침 응급실 앞에 와서 기다리고 있어서 핸드폰을 켜고는 영상통화를 연결해 드렸다. 핸드폰 너머로 보이는 자식들의 이름을 정확히 말하고는 왜 다 같이 있냐고 물어보면서 밝게 웃었다. 그 모습을 바라보며 가슴이 미어졌다.

'엄마! 헛말 하지 말고, 제발 정신 붙잡아요. 엄마는 아빠 몫까지 오래오래 건강하게 지내다 가셔야 해요. 힘든 일 다 견뎌놓고 이제 와서 정신 놓으면 너무 억울하잖아요!'

엄마가 통화를 마치고 기분 좋게 잠이 들자 여동생과 교대를 했다. 주말에 다시 간호하며 지켜봤는데 다행히 엄마의 섬망은 사라졌다. 제정신이 돌아오자, 당신이 헛말 한 것을 기억까지 해내셨다.

"엄마, 그런데 헛말 할 때 엄마 나이를 마흔셋이라고 했어, 그때가 좋았나?"

"그때는 올망졸망 너희들이 커가던 때라 몸이 부서져라 쉬지도 않고 일을 했지만 젊었고, 너희들 뒷바라지하는 재미도 느꼈지."

지금 내 나이보다도 더 어린, 엄마 나이 마흔셋. 이미 칠 남매를 낳고 새벽부터 밭에 나가서 날이 어둑해져서야 집으로 돌아와야 했던 시절이었다. 엄마는 왜 마흔셋의 시간으로 돌아가 있었을까? 일곱의 자식들을 거념하며 밭일을 하느라 푸르스름한 새벽을 누구보다 많이 맞이해야 했던 그 시절이 뭐가 좋았을까?

"젊긴 해도 맨날 일만 했는데 그때가 좋았다고?"

"기여, 아직 멘스(월경·menstruation)를 하던 때였주. 넌 아직

38

모를 거여. 그때가 사람이라. 주름살이랑 검버섯도 없었고게."

몸이 성치 않은 팔순의 엄마는 주름살과 검버섯이 없이 팽팽하고 건강했던, 건장한 한 살 위 남편이 있었고, 아직 젊은 여자였던 시간으로 돌아가고 싶었나 보다.

아버지의 정동 모자

김경희

"아이고, 느네 아방이 눈을 감았져. 빨리 오라."

2009년 10월 12일 새벽 6시가 아직 안 된 시간이었다. 엄마의 울음 섞인 전화에 서둘러 병원으로 갔지만 이미 아빠는 병실이 아닌 간호사실 옆 처치실에 평화롭게 누워계셨다. 앙상해져 버린 아빠의 얼굴과 손은 아직 따뜻한 온기가 남아있었다.
"아빠, 뭐가 급하다고…. 가실 때까지 부지런을…. 하늘에서는 아프지 말고 편히 지내요. 흑흑."
작별할 시간을 주지 않은 신이 미웠다. 하지만 내가 할 수 있는 것은 아빠가 누워있는 간이침대를 병원 옆 장례식장으로 밀고 가는 것뿐이었다. 아빠와의 이별을 받아들일 수밖에 없었다.

"걱정 말라이, 게므로사 내가 암 따위에 질 것 같으냐! 그 무서운 마누라(마마의 제주어, 천연두)도 이겨내고 4·3 때도 살아남은 스룸이여."

수술할 수 없는 말기 암(폐암 4기)이라는 것을 알게 되자 망연자실하던 처와 자식들 앞에서 아빠는 호기롭게 큰소리쳤다. 어렸을 때부터 막일이며 농사로 다져진 몸이라 평소에도 체력이나 힘에는 자신감이 넘쳤다. 실제로 섬 안의 병원들에서는 몇 달 남지 않았으니 치료가 필요치 않다고 했다. 할 수 없이 항암제를 맞으러 서울로 비행기를 타고 다녀야 했다. 열 달 동안 누구보다 성큼성큼 잰걸음으로 앞장섰다. 몸이 아프니 짜증도 나고 억울할 만도 했겠지만, 아빠는 담담하게 병마와 맞서

40

기를 선택했다. 의연하고 담담한 모습에 편치만은 않았다. 오히려 불안했다. 누구보다 건강에 자신하며 담배를 끊지 않다가 발병하지 않았던가. 예상대로 아빠에게 찾아온 폐암은 그리 호락호락하지 않았다. 항암제를 여러 차례 맞으니 크기가 줄어들었고 경과가 호전됐다. 하지만 잠시 쉬는 사이 다시 뇌로 전이됐다. 불안이 현실로 다가왔다. 뇌로 전이한 암 덩어리는 아빠의 기억까지 온전치 않게 만들었고 폐렴까지 와서 생을 마감하게 했다. 평생 고생만 하다가 이제 좀 살만해지니 우리 곁을 떠나신 거다.

아빠는 평생 "곰보"라는 놀림을 받아야 했다. 어린 시절 마마를 앓으며 열꽃이 피었던 자국이 남아 얼굴이 얽었기 때문이었다. 그 놀림은 가난과 함께 아빠의 청소년 시기를 더욱 괴롭혔고 공부가 아닌 막일과 농사일을 선택하게 했다. 동네 청년들과 어울리며 힘든 노동을 따라나섰고 자연스레 담배를 일찍 입에 댔다. 하지만 부지런한 성격으로 성실하게 일을 해냈고, 지인의 소개로 엄마와 결혼을 할 수 있었다. 자식들을 일곱이나 낳고 키우며 농사지을 땅을 살 수도 있었다. 자식들이 결혼하고 나가 살게 되면서는 일을 줄여도 됐지만, 평생 해오던 습이 있어서 새벽부터 나가 해가 저물어야 쉬는 일상을 반복하셨다. 자연스레 담배를 손에서 놓을 새가 없었다. 어쩌다 부모님의 농사일을 거들러 따라 가보면 쉬는 시간에 나무 그늘에 앉아 맛있게 담배를 물고 있는 모습에 "건강에는 안 좋으니 줄여 피우시라"라고만 잔소리했을 뿐이었다. 오히려 육지 출장길에 면세점에라도 들리게 되면 담배 코너에서 아예 보루로 사 와서는 기왕이면 좋은 담배를 피우시라고 선물로 드렸다. 아빠를 보내고 나니 그리움도 커졌지만, 나의 어리석은 지난 행동들이 하나하나 떠올라 가슴이 아려왔다. 운전하고 가다 멀리서라도 흰 머리의 정동 모자를 쓴 남자 어른을 볼라치면 울컥해서 흐르는 눈물을 주체할 수가 없었다. 금방이라도 검게 그을린 얽은 얼굴로 정동 모자를 쓰고 "경희야!"하고 다정하게 말젯 딸(셋째 딸) 이름을 불러줄 것만 같아서.

어느덧 아빠가 돌아가신 지도 십삼 년이 훌쩍 지났다. 하지만 아빠가 소를 몰러 갈 때나 밭에 나갈 때 즐겨 쓰던 '정동 모자(정동 벌립)'는 아직도 큰방 벽에 걸려있다. 아빠가 보고 싶을 때면 아빠의 손때 묻은 정동 모자를 쓰다듬는다. 예순여덟 해로 멈춘 아빠의 시간이 정동 모자에 고스란히 깃들어 있기 때문이다. 아빠의 삶은 거친 환경에서도 정동줄처럼 자생으로 얼키설키 줄기를 뻗어나가며 살아내려 부단히 노력했던 시간이었으리라.

* 밭의 돌담이나 나무에 올라간 정동줄(댕댕이 넝쿨)은 줄기가 구불거려 사용하지 않았고, 마디가 길고 곧은 것을 채취해야 하므로 중산간의 목장 지대와 새왓(띠밭)의 바닥을 기어서 뻗은 곧은 정동줄을 채취하여 이슬을 맞혀가며 햇볕에 25일 이상 말려 두었다가 물을 축여 벌립(모자)을 만든다고 한다(출처: 한국민족문화대백과, 한국학중앙연구원).

정동 모자

김경희

흰머리 듬성듬성 남고도 힘깨나 쓰던
허름한 점퍼 속의 구부정한 어깨는
간밤 꿈속에는 야위었네

다음 생은 병마와 싸우지 말길
아기 때 고운 얼굴로 돌아가 얽은 자국 없어지길
힘든 노동일 하지 말고 멋 부리며 지내길

늙은 미망인의 향불은 켜진다
금세 타들어 가는 시간
커져 버린 그리움

제상 모신 방구석에 즐겨 쓰던 정동 모자
덩그러니 남아
여름날을 기다리네

막쥔손금 여인의 행복

"엄마, 엄마, 내 손은 여기 손금이 다 이어져 있어요."
기숙사에서 내려와 간만에 거실에서 뒹굴뒹굴 여유를 즐기던
둘째. 뭔가 생각났는지 냉큼 일어나 앉더니만 신기한 걸 보여
준다는 듯이 오른쪽 손바닥을 내밀며 내 앞으로 바싹 다가앉았
다. 어쩌다 친구들과 손바닥 안에 부자 손금인 별 모양을 찾아
보자고, 잘하면 M자 손금도 찾을 수 있다며 유심히들 보다가
둘째의 일자 손금이 단연 화제가 되었던 모양이었다.

아하! 녀석, 그게 신기했단 말이지? 자, 네 어미의 손금을 보
여주마.
"엄마 손금을 볼 텐가."
의기양양해진 나는 장풍이라도 쏟아낼 것처럼 잽싸고도 위풍
당당하게 두 손바닥을 척! 펼쳐 보였다. 그걸로도 모자라서 양
손바닥을 나란히 붙여 펴니 가로지르는 손금이 마치 고속도로
마냥 시원하게 한 줄로 이어졌다.
"오! 엄마는 양손이 다 일자로 이어졌네!"
둘째의 탄성이 함께 내 손바닥 위를 내달렸다.

나는 막쥔손금이다. 그것도 양손 모두. 어릴 적 친구들은 누
구와도 같지 않은 나의 막쥔손금을 부러워했다. 그 특별함에
더욱 불을 지핀 것은 동네 골목 끝 담배 가게 할아버지였다.
반 대머리에 똥그란 눈, 작달 만한 키, 동네 아이들이 원숭이
할아버지라고 불렀던 그분. 평소에도 담배 가게 앞을 지나갈

44

때면 할아버지에게 걸리지 않으려고 이쪽 길 끝에서부터 옷소매로 연신 코가 빨개질 정도로 닦아내며 냅따 뛸 준비를 해야했다. 그도 그럴 것이 우리와 마주칠 때마다 담배 가게 할아버지는 코흘리개들이라면서 한 아이씩 코를 잡아선 있는 힘껏 코를 닦아주곤 했는데 그게 코를 닦아주는 것인지 아니면 우리 코를 비틀어 딸기코 만드는 재미인지 도통 알 수 없었기 때문이었다.

담배 가게 할아버지는 어디에서 그렇게 순식간에 나타나는지 그날도 손바닥에 폭 파묻혀 눈치채지 못하는 사이 슬그머니 우리들 곁으로 다가왔다. 화들짝 놀랐을 때는 이미 늦었다. 아이들은 저도 모르게 냉큼 코부터 훔쳤지만 어쩐 일인지 할아버지의 코 비틀기는 행해지지 않았다. 대신 우리 노는데 끼어들어 자리를 잡고서 내 손금 풀이를 해주는데 그게 또 그렇게 진지할 수가 없었다. 아이들은 무슨 재미난 옛날이야기라도 되는 양, 무릎으로 당겨 앉으며 할아버지 앞으로 모여들었다.
"이런 손금을 막쥔손금이라고 하는 거야. 이 막쥔손금은 아주 희귀한 손금이지. 게다가 이렇게 양손 다 막쥔손금인 경우는 더더욱 흔치 않거든. 그래서 이런 손금의 사람들은 대박이 나는 운명이라고 하지. 음, 좋은 손금이야, 좋은 손금."

정확히는 대박 아니면 쪽박, 극과 극의 운명을 지녔다는 손금 풀이였지만 내 좋을 대로 대박 운명으로만 기억하기로 한 듯한 의심이 크다. 멋모르는 어릴 때였지만 그 손금 풀이가 싫지 않았다. 아니, 오히려 대박 운명을 움켜쥔 내 손이 기특하고 대견스럽기까지 했다. 누구에게나 있는 것이 아닌 나만의 대박 손금이라니, 이 얼마나 근사한 일인가! 아이들의 눈은 더욱 부럽게 빛났고 그 후 은근슬쩍 손톱으로 자신의 손금을 그어대던 친구들도 생겨났다. 아마도 스스로의 운명을 개척하고 싶었던 게지. 그렇게 적어도 아이들 사이에서 내 막쥔손금은 그야말로 대박의 관심을 누렸고 나는 혹여라도 또 다른 막쥔손금의 주인공이 등장하지는 않을까 적잖이 신경을 쓰던 시절이었다.

생각해보면 믿고 안 믿고 하는 것과는 별개로 가끔씩 손바닥을 들여다보며 위로를 받을 때가 적지 않았다. 뭔가 막막한 때에도 물끄러미 손금을 내려다보면 괜한 안도감이 뒤뚱이며 장착되기도 하고, 때로는 근거 없는 자신감으로 마음을 쓸어내리는 작은 여유가 되어주기도 했다. 일이 꼬일 대로 꼬여도 결국엔 다 잘 풀릴 것이라는 기도 같은 느긋함도 어느 정도 막쥔손금의 후광을 입었을 거다. 무슨 손금 하나에 그렇게까지 생각하는지 참으로 우스워 보일진 모르겠지만 이상하게도 내겐 꼭 그런 마음이었다.

그렇게 50년, 행복함에는 인색하고 욕심은 내려놓기 힘든, 어쩐지 마음만 서두르는 나이가 되었다. 적어도 나이 50이면 남들만큼의 지위, 남들만큼의 경제적 여력, 남들만큼의 심적 여유가 그냥 삶의 훈장처럼 당연히 손안에 굴러들어오는 줄 알았다. 그럭저럭 소소한 대박 기운은 능히 찾아와 줄 거라고 생각했다. 허나 막쥔손금 여인의 '남들만큼'이라는 소박한 대박은 여전히 실현될 기미가 보이지 않는다. 아니, 대박의 꿈은 있긴 했었나 하는 의심의 눈초리를 받으며 시들해져 간다.
50을 넘어서면서는 내가 이룬 게 뭐가 있는지 헛헛한 마음이 드는 때도 다반사다. 그저 인생이 큰 기복 없이 밋밋해서 내 삶의 맛도 그냥 슴슴하구나 싶기도 하다. 그럴 때면 또 슬쩍,

맡겨둔 요술 주머니라도 되는 양 손바닥을 훑어보다가 괜히 홀로 민망해한다.

　오늘도 손바닥을 들여다본다. 오른손 막쥔손금이 조금 *토다져 보인다. 설문대할망의 터진 치마 구멍 사이로 새어 나간 흙처럼 대박의 운을 저 *토다진 손금 사이로 모르는 사이 조금씩 조금씩 흘려버린 건 아닐까 짐짓 아쉬운 마음도 든다. 하지만 움켜쥐기만을 고집할 것이 아니라 은근슬쩍 내려놓고 비워내며 만나는 헐렁헐렁한 삶의 여백도 꽤 다정하지 않던가. 꽉 들어차 있지 못해 화려함과는 거리가 먼 내 생활의 여백이 또 겹쳐, 그림자로 다가오는 오름처럼 그 풍경을 자랑할 것을 안다. '남들만큼'의 시선만 거두면 나름 더 나쁘지 않아 다행스러운 삶이기도 했으리라. 지금은 무엇을 더 움켜쥐었는지 알 수 없으나 다른 무엇이 아닌 오로지 내 손 하나 믿고 자잘하고 투박한 삶이라도 이만큼 건사해왔으니 쪽박은 아니리라 하는 건 지나친 위로일까.

　그렇다. 가끔은 내 손도 아들의 빛나는 탄성을 가져오는 대박일 때가 있다.

*토다지다:(제주어) 물건 등이 찔끔찔끔 뜯기다

예정된 이별

"선생님, 나 서울로 이사 가려고."

김정수 선생님이 서울로 떠난다고 한다. 선생님이 이사할 집을 구하러 서울에 간다고 할 때도 헤어지는 시간이 막연히 멀게 느껴졌다. 선생님은 아이들을 가르치는 공부방과 거주, 두 가지 목적에 맞는 집을 구하는 게 쉽지 않았다. 선생님은 서울 마포구에서부터 인천, 부천, 지금 이사하려는 남양주까지 까다로운 조건에 맞는 집을 알아보는데 한 달이 넘는 시간이 걸렸다. 그런데 서울에 올라가서 이틀 만에 이사할 집을 찾았다니. 일정을 관리하는 탁상 달력에 이사 날짜를 표시하면서 마음이 뒤숭숭했다. 선생님이 친정 가족과 아이들이 사는 서울로 간다고 했을 때 "잘 생각했어요"라고 말했다. 하지만 그 말은 본심이 아니었다.

마흔 해를 넘게 살면서 숱하게 많은 만남과 이별을 겪었다. 하지만 이번 고별은 내 감정을 가늠할 수 없었다. 제주 태생이 아닌 사람들과는 만나는 순간부터 이별할 준비를 한다. 이것은 외지인에 대한 편견이 아니다. 내가 제주로 돌아온 것처럼, 연어의 회귀본능처럼, 살면서 터득한 순리이다. 서울 태생인 그녀가 도두 방파제에서 학창시절 친구들에 대해 들뜬 목소리로 얘기할 때부터 헤어짐을 예감했다면 무리일까? 빗나갔으면 했던 예감이 적중했다는 씁쓸함과 마음 맞는 친구와 헤어진다는 아쉬움이 밀물처럼 들이찼다.

김정수 선생님은 160센티가 채 되지 않는다. 캐주얼한 배기바지와 티셔츠에 재킷을 즐겨 입는다. 파마기 없는 짧은 커트

머리이다. 쌍꺼풀이 있는 눈매에 눈화장은 하지 않는다. 민낯에 립스틱 바르는 것을 즐기는데 하얀 피부가 더 돋보인다. 눈가와 입가 주름은 굳어버린 게 아닐까 싶을 정도로 늘 웃고 있다.

 김정수 선생님과 대화를 하다 보면 그녀의 다정함에 나도 모르게 마음을 열게 된다. 사람들과 인사치레로 안부를 묻고, 상투적인 대답을 하게 마련이다. 하지만 김정수 선생님이 얼굴에 만연의 미소를 띠고 고개를 살짝 내밀며 포근한 목소리로 묻는다. "선생님, 잘, 지냈어요?" 그 말이 나를 안아주는 느낌이다. 평범한 안부를 묻는 인사에 칭찬받고 싶은 아이가 된다. 내가 요 며칠 동안 무엇을 했는지 진지하게 생각해본다. 집안일을 도와주지 않는 남편에 대한 얘기, 방학이라 보강이 많아 힘들다는 시시콜콜한 고충을 토로한다. "아유, 힘들었겠다"는 말에 온기가 묻어난다. 더불어 미간의 주름을 통해 그녀의 진심 어린 위로가 전해진다. 이렇듯 많은 위안을 받았다.

 작년 가을, 교통사고가 났다며 연락이 왔다. 피투성이가 된 김정수 선생님의 모습을 상상하자 불안해졌다. 오후 수업을 급하게 취소하고 택시를 타고 응급실로 갔다. 선생님의 차가 폐차될 정도로 큰 사고였다. 온몸이 타박상으로 멍들었지만 불행 중 다행으로 왼쪽 손목 골절만 심했다. 김정수 선생님은 한 달 동안 꼼짝없이 병원 신세를 졌다. 나는 입원과 퇴원 수속을 거들고, 자동차 보험처리 문제도 짧은 인맥이나마 총동원해서 도와주었다. 선생님이 입원해 있는 동안 거의 매일 통화를 했다. 이렇게 힘든 시간을 함께하며 더 가까워졌다.

 우리는 일에 쫓기며 산다. 그러다 보니 한 끼 식사와 차 마시는 시간 외에 함께한 시간이 얼마 되지 않았다. 작년 시간을 내서 선생님과 함께 짧은 여행을 한 적이 있다. 선생님이 '김영갑 갤러리'에 가봤냐고 물었다. 나는 가보고 싶다고 했다. 우리는 시간을 맞춰서 '김영갑 갤러리'에 갔다. 내가 운전을 하고 서귀포까지 가는 동안 선생님의 학창시절로 여행을 떠났다. 고등학생 때 연극부 친구들과의 추억을 얘기하는 모습이 행복해 보였다. 또, 이십 대 초반 하늘로 떠나보낸 친구 얘기를 들려주었다. 힘들게 꺼낸 얘기를 듣자니 위로의 말을 건네고 싶었다. 하지만 상투적인 말 밖에 생각나지 않아 잠자코 있었다. 그날은 이글거리는 태양, 유난히 새파랗던 하늘로 기억된다. 김영갑 갤러리 정원에 들어섰을 때 훅 끼쳤던 치자꽃 향기를 맡으며, 선생님은 산수국이 한창 필 때 다시 찾아오자고 했다.

김정수 선생님은 자신의 바다로 갔다. 나는 내 바다에 머물고 있을 것이다. 작가 루리의 동화책「긴긴밤」에서 '새끼 펭귄'은 흰바위 코뿔소 '노든'과 헤어져 바다로 떠난다. 새끼 펭귄은 노든과 헤어지기 전 이름을 갖고 싶다고 했다. *"이름이 없어도 네 냄새, 말투, 걸음걸이만으로도 너를 충분히 알 수 있으니까 걱정마."* 노든이 말했다. 우리가 어디서 살아가든 '나'는 그대로이다. 변함없이. 긴긴밤을 함께 했던 새끼 펭귄과 흰바위 코뿔소 노든이 이별한 것처럼 우리는 헤어졌다. 우리가 다시 만나면, 산수국이 한창 필 때 가자고 했던 여행을 아껴두었다가, 함께 갈 것이다.

나는 죽을 때까지 행복하게 살고 싶다

홍유경

좋아하는 사람과 결혼하고, 사랑스러운 아이도 낳고, 나의 일을 하며 누구보다 열심히 살아왔습니다. 바쁘게 살다 보니 가고 싶은 여행, 배우고 싶은 취미생활은 늘 뒷전으로 미루어졌지요. 가만히 생각해보니 누구도 나에게 다람쥐 쳇바퀴 도는 삶을 강요한 적은 없었습니다. 결국 이런 삶을 만든 건 바로 나 자신임을 깨닫게 되었습니다.

살면서 남편이 나보다 먼저 죽는다면? 이런 생각을 한 번도 해본 적이 없었습니다. 혼자 남은 사람이 느끼는 상실감, 경제적 곤란, 정서적 불안감이 견디기 힘든 일임을 사랑하는 사람을 떠나보낸 뒤에야 알게 되었습니다. 누가 먼저 세상을 떠날지 모르기에, 부부가 모두 상대가 떠난 뒤의 생활에 대비해야 함을 책을 통해 알게 되었습니다.

결혼한 지 16년이 지난 어느 날, 하늘이 무너지는 것 같은 일이 일어났습니다. 사랑하는 남편이 갑자기 세상을 떠나간 것이었습니다. 이 모든 일이 다 나 때문에 일어난 것 같은 죄책감으로 아무 일도 할 수 없었습니다. 금방이라도 문을 열고 웃는 얼굴로 유경아~ 하고 불러 줄 것만 같은데… 옆에 있을 때 내가 잘못해 주었던 일들만 생각나 더 슬프고 미안한 마음이 들어서 먹지도, 자지도 못하고 매일 슬픔 속에서 멍하니 하루하루를 보냈습니다.

슬픈 눈으로 걱정스럽게 나를 지켜보는 아들을 보니 '내가 정신을 차려야겠구나!' '나에게는 지켜야 할 사랑하는 아들이 있는데, 힘을 내야겠구나!'라는 생각을 했습니다. 그날부터 나는 일을 더 열심히 하며 바쁘게 지냈습니다. 마음의 공허함을 채울 수 있는 게 뭐가 있을까? 곰곰이 생각하다 독서 모임에 가입하여 열심히 책을 읽었습니다. 믿을 수 없는 사실을 인정하고 받아들이는 데 많은 시간이 걸렸지만, 책 속에 나와 비슷한 상황을 보며 눈물을 훔쳤고, 나보다도 더 안 좋은 상황을 이겨내는 이야기에 용기를 얻으며, 바닥에서 올라올 수 있었습니다. 책 내용에 공감하는 시간을 통해 나의 마음도 조금씩 안정을 찾았습니다.

앞으로 살아가야 할 날이 더 많은데 어떻게 살아가야 할지 막막하던 중에 정신과 의사 이근후 선생님이 쓴 〈나는 죽을 때까지 재미있게 살고 싶다〉 책을 읽게 되었습니다. 죽을 때까지 재미있게 살고 싶다는 제목이 마음에 들었습니다. 모든 사람이 죽을 때까지 재미있게 살고 싶을 텐데 정말 가능한 일일까? 라는 의문에 단숨에 책을 읽어 나갔습니다.

〈당신은 어떻게 나이 들고 싶은가?〉질문을 던지는데, 나는 살면서 '어떤 모습으로 나이 들어갈 것인가?'에 대해 곰곰이 생각해 본 적이 없음을 깨달았습니다. "나이 든다는 것은 누구에게나 좋은 일은 아니지만, 누구에게나 오는 것이기 때문에 이 또한 받아들여야 하는 일이며, 나이 들면서 좋은 일, 즐거운 일을 만들어 가겠다는 마음가짐이 훨씬 중요하다"라고 말합니다.

우리는 평생 시험, 취업, 결혼 준비 등 많은 준비를 하지만 정작 나이 듦의 준비는 소홀히 합니다. 나이 드는 것도 반드시 '선행학습'이 필요한데 말입니다. 계획하고 가꾸지 않는 노인의 삶은 당사자만 힘든 게 아니라 자녀와 이웃 등 주위 사람을 피곤하고 불안하게 만들 수 있습니다. '도대체 나이 듦이란 무엇인가'를 미리미리 생각해보는 일은, 무엇보다 지금 나의 삶을 잘 살기 위한 것이기도 합니다.

나는 이제 혼자 나이 들어가야 하는데 어떻게 나이 들어가야 할까? 평생을 외롭고 힘들게 살고 싶지는 않은데… 사랑하는 사람을 잃고 나니 인생이 덧없고, 짧다는 생각에 내가 하고 싶은 일을 미루지 않고 하며 살아가야겠다는 결심을 했습니다. 훗날 나의 아들이 '우리 엄마는 정말로 행복하고 즐거운 삶을 살다 갔다'라고 느끼며 이별을 슬퍼하지 않도록 해주고 싶습니다.

나는 모든 사람에게 너그러우며, 좋은 사람들과 자유롭게 여행을 떠나며, 어려운 이웃들을 도우며, 소소하고 확실한 행복을 즐기며 죽을 때까지 행복하게 살고 싶습니다.

즐겁고 재미있게 살기 위해 예전부터 바쁘다는 이유로 미뤄왔던 비올라 배우기를 시작했습니다. 비올라 레슨을 받으며 아들과 함께 무대에서 공연하는 모습, 해외여행 하며 길거리 연주하는 모습 등 상상만으로도 행복해집니다. 남편이 그립고 보고 싶을 때마다 하고 싶은 이야기를 쓰며 보낸 시간 덕분에 2022년 7월에 첫 공저시집을 출판하여 또 하나의 버킷리스트를 이루었습니다. 요즘은 아름다운 장소를 방문하여 어반스케치를 하며 나의 작품 전시회를 준비하고 있습니다. 이처럼 내가 하고 싶은 일을 하는 소소한 나의 일상이 너무 행복하고 감사합니다.

한 살 한 살 나이 들어간다고 억울해하지 말고, 제대로 살지도 못했는데 벌써 이렇게 나이 들었다고 후회하지도 말자. 누가 뭐래도 나는 할 수 있는 만큼 살았고 일했고 즐겨왔으니까. 지금 내 나이, 내 상황에서 만들 수 있는 즐거움을 찾아내 당장 행복해지는 것이 더 시급하다.

내가 쓸 수 있는 인생의 시간은 지금 이 순간에도 줄어들고 있음을 기억하고 내 인생을, 내 일을 재미있게 견디기로 했습니다.

누구나 즐겁고 재미있게 인생을 살고 싶어 합니다. 진짜로 인생을 즐기는 사람은 재미있는 일을 선택하는 사람이 아니라 아무리 어려운 현실에 처해 있어도 재미있게 해낼 것 이라고 생각하는 사람입니다. 그 순간순간이 쌓여 진짜 재미있는 삶을 만들 수 있습니다. 가슴 뛰는 일, 즐거운 일, 하고 싶은 일을 미루지 말고 지금 당장 시작하세요. 행복을 포기하지 말고 당당하게 나의 것으로 만들어 가는 삶을 살길 바랍니다.

지금은 감정 수업 중입니다

매력적인 사람은 특징이 자신에게 주어진 인생의 무게를 받아들이고 수용하는 너그러움이 있다고 한다. 하지만 요새 주어진 무게를 견디기가 쉽지 않은 건 왜일까. 일은 재미가 있지만 너무나 가까이 있는 그와 함께 있는 시간이 나를 시험에 들게한다. 점점 나답지 못하게 살아가는 것 같아 무기력해지기도 하고 한숨이 자꾸만 나온다.

한때는 그랬다. 그가 지치고 힘들어할 땐 측은지심에 "내가 자기 일 줄이게 해줄게. 걱정하지 마! 내가 돈 많이 벌어다줄테니까"라고 떵떵거렸다. 그런 얘기할 때면 남편이 콧방귀를 뀌곤 했지만 그런 말이 싫지 않은 눈빛이었다. 나한테 도움을 요청해서 편한 직장을 포기하고 그가 일하는 곳으로 갔는데 어느새 1미터도 떨어져 있지 않은 공간에서 일하다보니 자꾸 사소한 것들로인해 부딪히고 본의 아니게 그의 어깨에 짐만 더 올려준 셈이다. (세탁소에서처럼 좁은 공간에서 부부가 같이 일하는 경우엔 불똥튀기며 싸운다는 얘기도 들었다)

철두철미한 그와 함께 있으니 늘 늘 긴장하게 되고 부부가 한 공간 안에서 사업을 하는 건 권하고 싶진 않다. 사실 남편은 멘토이자 스승이다. 하지만 운전은 다른 사람한테 가서 배우라고 하는 것처럼 나한테는 늘 초대받지 않은 충고로 다가와 자꾸만 내 자신이 작아지게 되는 느낌이었다.

나답게 살고 싶은데 자꾸 다른 삶을 강요 받는 것 같고 가치관에 혼란이 와서 뛰쳐나가고 싶기도 했다.

얼마 전이었다. 우리 부부와 친하게 지내는 타지 분이 있는데
그 분이 남편과 동업을 하면 좋겠다며 사업에 대해 브리핑을
했다. 속으로는 1년만 좀 멀리 가서 살다 오면 어떨까 하는 바
람도 있었다. 하지만 신중한 그는 여러 가지 이유를 논리적으
로 대가며 거절을 했다. 솔직히 신중하기 때문에 한편으론 참
다행이라는 생각도 든다.

자기 남편이 '삼식이'라며 직장에서 무인도로 발령 나는게 자
기 소원이라고 했던 한 기혼 여성의 발언이 요새 왜 그리 자주
생각이 날까.

최근 들어 그의 체중이 빠지고 지치고 힘든 모습이 많이 보인
다. 지금 몇 달째 웃는 모습을 찾아보기도 힘들다. 웃으며 살
면 좋은데 왜 그렇게 화만 내는 지. 생각이 많으면 잠도 못자
고. 세상의 짐을 다 짊어진 것 같다.

"사람의 타고난 성향이 쉽게 바뀌지 않아요. 나도 바꾸고 싶
지만 본질은 안 변하는 데 왜 자꾸 타고난 강점을 키울 수 있
게 만들어야지 자꾸 못하는 거 안되는 것만 얘기해서 작아지게
해요? 더 이상 서로의 바닥은 보여주지 않았으면 좋겠어요."

자꾸 상대방 생각만 강요하는 거는 옳지않다고 생각하니 따박
따박 말대꾸를 하게 된다. 물론 그도 맞고 나도 맞다. 그가 틀
린건 아니라는 뜻이다.

너무 가까이 있어서 서로 상처를 주고 있다는 생각에. 일부러
라도 사회적 거리를 유지해야겠다고 느낄 때도 있어 좀 떨어져
있고 싶지만 같은 일을 하니 안 마주칠수도 없다.

우리가 당연하다는 듯 안고 있는 한계를 인정하면 서로의 기
대치를 낮추고 이해를 하게 될텐데. 요즘 그에 대한 나의 양가
감정의 본질이 무엇인지 곰곰히 생각을 해보았다.

그런데 그건 '사랑'이라는 감정이 밑바탕에 깔렸던 건 아닐까. 어제 그에게 가까이 다가가 앉아서 이런 이야기를 했다.

"내가 왜 당신한테 조그만 것들에도 상처받고 그러는지 알았어요. 내가 당신을 많이 사랑했나봐요. 사랑하지 않으면 그냥 듣는 둥 마는 둥 할 건데 사랑하는 사람한테 어떻게 그럴 수 있나 이해를 못하니 더 많이 실망하고 상처받았던 것 같아요. 난 당신이 웃으면서 스트레스도 좀 풀고 살면 좋겠어요. 즐겁게 인생을 살아야지"

그 얘기를 하자 남편도 속상한 마음이 풀렸는지 자포자기를 한 건지 몇 개월만에 처음으로 웃으며 미소까지 지었다. 순간 그도 나도 그동안 쌓였던 어두운 감정들이 한순간에 걷혀서 마음이 뭉클해졌다. 나도 그도 즐겁게 살았으면 좋겠는데 이 세상의 가장들이란 어깨가 너무 무거운가 보다.

오늘은 그에게 이런 이야기를 해주고 싶다.

"나도 부족한 거 메꿔나가려고 노력할테니 시간을 가지고 기다려 봐요. 당장 바꾸고 싶은데 맘에 안 든다면 본인만 힘들지 않겠어요? 어두운 얼굴을 해 보인다고 인생이 달라지는 것도 아니면 이왕이면 환하게 웃어보게요. 어느쪽을 선택하건 그건 자기 몫이지만 그럼 옆에 있는 사람들 마음도 좀 더 가벼워지고 좀 더 좋은 기운을 끌어당기지 않을까요. 우리는 어찌보면 지금 하는 일에 모험을 걸기도 했지만 이런 힘듬 속에서도 즐거움이 숨어 있고 재밌게 받아들이며 살자"라고.

2주 뒤

 남편이 잠을 제대로 못 자고 너무 무리하게 움직여 대상포진
에 걸렸었다. 일은 일대로 안할 수 없는 상황이었다. 난 하지
말라고 차마 말릴 수도 없는 상황이고.
 생각해보니 어린 아이들 또한 몸이 안좋을 때면 짜증도 늘고
투정도 는다. 그렇게 몸이 안 좋은 상태였는데 꾹 참고 일의
성과를 올려야하니 짜증 낼 만도 하다. 가장들의 마음에 공감
은 하지만 이러지도 못하고 저러지도 못하는 나 또한 아직은
무능력함에 마음이 아프지만 도와줄 길이 없다.
 지금 남편은 며칠 미국에 가 있다. 몇 년만에 일주일 이상 떨
어져있는 시간을 갖게 되니 처음엔 불안한 마음도 들었지만 이
내 난 곧 적응을 되었다.
 제일 바라는 건 그가 스트레스 확 풀고 건강하게 잘 지내고
충분히 충전하고 돌아오기를 바랄 뿐이다.
 있을 때 잘해야지.

행복한 삶 그리고 나

내 삶의 행복한 순간 한 편

1+1의 행복

남편은 편의점 GS25의 CAFE25 아이스아메리카노를 진심으로 좋아한다. 마실 때마다 "정말 맛있네!", "커피 중에 제일 맛있어!", "이 가격에 이런 커피를 마실 수 있다니!"라며 감탄하고 또 감탄한다. 참고로 커피 가격은 핫/아이스 1,200/1,700원(보통), 1500/2000원(큰)이다.

남편의 편의점 커피 사랑으로, 가족이 함께 외출할 때는 편의점에 들려서 텀블러에 아이스아메리카노를 꼭 채운다. 차 안에서 가족이 한 모금씩 돌려 마시며, 나와 아이들은 진짜 맛있다며, 남편의 커피 안목을 칭찬한다. 그러면 남편의 어깨는 커피맛 좀 아는 중년 남자라는 으쓱함에 뽕이 솟아오른다.

사실 남편의 커피 맛을 깨워주고 성장시켜준 것은, 다름 아닌 바로 나!다. 나로 말할 것 같으면, 어릴 적부터 커피에 대한 사랑이 남달랐다. 중고등학교 때는 커피, 설탕, 프림 '둘둘둘'의 클래식 커피(사오십대 이상이라면 누구나 상상할 수 있는 바로 그 맛)를 열렬하게 사랑했었고, 대학교 때는 비엔나커피를 세련되게 흠모했고, 그 이후에는 카페라떼, 카푸치노, 카페모카 등을 넘나들며 사랑했다. 그러다 지금은 아메리카노, 에스프레소, 플랫화이트, 아인슈페너에서 드립커피, 터키식 커피, 사이폰 커피, 베트남 핀커피, 모카포트 커피 등 다양한 도구를 이용한 커피까지 그날 분위기와 기분에 따라 원하는 사랑을 할 수 있게 되었다.

 남편은 내 덕에 이런 다양한 커피를 맛볼 수 있었고, 마신 후 커피에 대한 평을 예리하게 쏟아내곤 했다. 이러다 보니 남편이 커피에 눈을 뜨게 된 것이다. 그전엔 남편에게 커피란, 입이 심심할 때 혹은 당분이 필요할 때 마시는 달달한 음료에 불과했다. 지금도 대부분은 그렇긴 하다. 나 역시도.
 생두를 집에서 볶기 시작한 지, 15년. 프라이팬에서 볶기 시작, 오븐에서도 구워보는 과도기를 거쳐 가정용 작은 로스팅기에 안착. 제법 커피 로스터 흉내를 낼 수 있게 되었다. 그러다 몇 년 전, 본격적으로 커피를 공부했다. 바리스타 자격은 기본, 커피 볶는 법을 익히기 위해 이곳저곳 두리번거리며 실력을 갈고닦았다.

 커피에 대한 사랑은 끝이 없다. 최근 내 수준엔 고가라고 할 수 있는 가정용 로스팅기와 커피머신을 구입했다. 주말 새벽녘 옥상에서 좋아하는 음악을 들으며 혼자 커피를 볶는 시간은 평온하다. 이렇게 볶은 원두를 병에 담아 이틀 정도 밀봉해 둔다. 병을 여는 순간 퍼져나오는 원두의 향은 과거와 현재 어딘가에 존재하는 그리운 추억들을 일깨워준다. 이 향은 분쇄되면서 더 강렬해진다. 누구라도 "우와!"하는 탄성을 자아내게 하는 향이다. 종종 나는 이 향과 같은 느낌의 사람이면 좋겠다는 생각을 한다. 분쇄한 원두를 커피머신으로 내린 에스프레소에 설탕 한 스푼과 따뜻한 우유 10ml를 넣어 마신다. 고소함과 달콤함을 진하게 마시며 하루를 시작한다. 나의 아침 루틴이다.

커피에 대한 탐닉은 여전하다. 요즘엔 나만의 블렌딩 공식도 생겼다. 내 입맛에 최적의 커피 블렌딩은 과테말라 25%, 콜롬비아 25%, 온두라스 20%, 예가체프 30%다. 이렇게 갓 볶은 원두를 최적의 비율로 블렌딩해서 가장 먼저 대접하는 사람은 내 옆 사람, 바로 나의 남편이다.

남편은 오늘도 지에스 편의점의 아이스아메리카노를 마시며 "야! 정말 맛있어!", "정말 최고다!"라며 감탄한다. 그리고 꼭 이 말을 뒤에 덧붙이며, 다시 진심으로 감탄한다. "우리 집사람이 내려준 커피 맛이랑 똑같아! 정말 맛있어! 최고야!" 이걸 영광스럽게 여겨야 할지, 아니면 화를 내야 할지. 여하간 내 커피가 엄청 맛있다고 하는 거니까 기분은 좋다!

몇 달 전에 남편이 세상 최고의 맛이라고 감탄하는 지에스 편의점의 아메리카노 1+1행사가 있었다. 이 행사기간 동안 남편의 행복 지수는 일단계 이상 상승했었다. 남편은 출근길에 회사 근처 지에스 편의점에 들려 아메리카노 한 잔 값으로 두 잔을 구입해서 의기양양하게 회사에 가지고 갔단다. 대부분 아침을 거르고 오는 동료들은 남편이 들고 온 갓 내린 커피 향에 눈빛이 몽롱해졌다. 여기서 몽롱이란 업무 스트레스로 인한 서로에 대한 짜증과 적대감이 녹아내려 흐물거려진다는 것을 뜻한다. 남편이 커피를 작은 잔에 나눠 동료들에게 한 잔씩 돌리면, 누군가는 탕비실에 있는 달달한 간식을 함께 먹으라고 가져왔다. 갓 내린 원두커피와 달달한 과자를 먹으면서 직원들은 커피 맛에 대한 평도 하고, 이런저런 수다도 떨었다. 불과 어제까지도 업무로 고성이 오고 갔던 사람들이 맞나 싶었다. 지에스 편의점의 아메리카노 1+1행사의 매직이 시작된 것이다.

이후로 남편은 행사 기간이 끝날 때까지 아침 출근길에도, 점심 식사 후에도 부지런히 동료들과 이 커피를 마시러 다녔다. 둘 이상 짝을 이루어야 1+1행사를 누릴 수 있었기 때문에 동료들은 연대했다. 어제의 적이 오늘의 커피 친구가 되기도 했을 터.

행사는 끝이 났고, 매직 역시 기억만 남긴 채 사라졌다. 남편은 지에스 편의점의 CAFE25 1+1행사를 자주 그리워했다. 그 이유는 남편이 덤을 좋아해서도 아니고, 커피값 한잔이 아까워서도 아니다. 남편에게는 편의점 커피 몇십잔 정도 사서 동료들에게 나눌 수 있는 배포가 있다. 아마도 남편의 그리움은 1+1행사 한다고 직장 동료들과 들떠 하며 행사 끝나기 전에 서둘러 짝지어 커피 마시러 다녀야 한다며 너스레 떨 수 있는 소소한 일상이었을 것이다.

며칠 전 남편이 흥분하며 지에스 편의점에서 에스프레소 1+1행사를 한다는 소식을 전했다. 이번엔 아메리카노가 아닌 에스프레소였다. 4월 한 달 동안이다. 그런데 남편이 에스프레소는 너무 진해서 마시지 못하겠다며 실망했다. 커피 사랑이 각별한 나는 이 문제에 대한 해결 방법을 아주 간단하게 제시해줄 수 있었다. 첫째, 텀블러 두 개에 각각 얼음 삼분의 이에 얼음 높이만큼 물을 채워서 지에스 편의점에 갈 것! 둘째, 각각의 텀블러에 에스프레소를 받을 것! 그러면 당신이 그렇게 감탄하는 아이스아메리카노가 된다. 남편의 행복 지수가 다시 상승 중이다. 매직은 다시 시작될까?

목욕탕 사랑

부정민

나의 목욕탕 사랑은 알만한 사람은 다 안다. 어느 정도냐 하면, 내가 전화를 받지 않으면, 친구들은 '얘 또 목욕탕 갔구나' 하고 생각하며, 남편은 목욕탕으로 전화해서 '여탕에 부정민씨 있는지 방송해주세요'라고 부탁할 정도다. 또, 가족이나 친구가 몸이 좋지 않다고 한다거나, 스트레스로 힘들다고 하면, 나는 당장 목욕탕 다녀오라며 티켓을 여러 장 그들 손에 쥐어 준다. 반대로 내가 몸이 아프거나 과부하로 예민해져 있으면 가족과 친구들은 나를 목욕탕으로 보낸다.

언제부터 나의 목욕탕 사랑은 시작되었을까? 목욕탕은 어린 시절 나의 놀이터였던 바다와 거의 동격이다.

어린 시절 바닷가 근처에 살았던 나는 바다가 놀이터였다. 여름엔 해가 뜨면 동네 친구들과 튜브를 들고, 도시락을 싸서 바다로 달려갔다. 바다에서 실컷 놀다가 바위 위에 걸터앉아 보리밥과 된장에 찍어 먹는 오이 맛은 그야말로 나에게는 반찬이 없는 진수성찬이었다. 배불리 먹고 나면 돌계단에 누워 하늘을 보곤 했다. 정말 투명한 하늘색이었다. 거기에 시원한 파도 소리와 바람에 사각거리는 나뭇잎 소리까지 들려오면 나라는 존재는 하늘, 파도와 나뭇잎 소리 속으로 스며드는 것 같은 느낌이 들었다.

바다 해안의 절벽을 따라 들어가면 신기한 모양의 돌들이 있었고, 투명한 물속에는 작은 물고기들이 헤엄쳐 다녔다. 조금 무섭긴 했지만, 친구들이 있어서 괜찮았다. 튜브 안에 몸통을 끼우고 두 팔로는 노를 저으며 방향을 잡고, 두 발로는 힘차게 밀며 바다 이곳저곳을 탐험했다.

어린 시절 여름엔 이렇게 동네 바닷가에서 놀았다. 그래서일까. 나는 청소년에서 성인으로, 노년을 앞둔 중년이 된 지금도 늘 바다를 꿈꾼다.

생생하게 꿈꾸면 이루어진다고 했다. 바닷가 대신 동네 해수사우나로 향했다. 해수로 가득 채워진 넓은 냉탕에서 어린 시절 바다에서 놀았던 것처럼 잠수도 하고, 자유롭게 헤엄을 쳤다. 아이 엄마가 되어선 아이들과 함께, 아이들이 다 커선 틈만 나면 혼자서 해수탕으로 향한다. 참 신기하게도 해수탕에서 놀다 보면 무거웠던 걱정은 가벼워지거나 사라져버린다.

나에게 해수탕은 바다와 만나는 접점 같은 곳이다. 그런데 코로나 감염에 대한 공포로 동네 해수탕은 존재하지만, 갈 수 없는 곳이 되면서 심리적 상실감으로 한동안 방황했다.

그러던 어느 날, 코로나 상황이 더 심각해져 나아질 기미가 보이지 않던 때, 나는 뭔가에 홀린 듯 종이에 해수사우나라고 적고, 그것을 오려서 욕실 문 위쪽 벽에 떡하니 붙였다. 나는 내 손이 시키는 대로 했을 뿐인데, 가족들은 이것을 보며 박장대소를 했다.

한동안 가족들은 나를 위해 욕실을 해수사우나로 불러 주었고, 내가 욕실에 들어갈 때마다 "해수사우나 가는구나. 잘 다녀와"라고 하며 킥킥댔다. 그런데 이상하게 기분이 좋았다. 그리운 어떤 것과 만나는 기분이랄까. 편안해지고 자유로워지는 기분이 들기도 했다.

이 기분은 마치 어린 시절 이제 여름이 다가와 바다로 뛰어갈 수 있면 때, 그리운 바다의 품으로 내달릴 때의 기분과 같았다. 해수사우나는 중년이 된 나에게 어린 시절 자유롭게 놀던 바다와 같은 의미가 되어 있었다.

드디어 코로나로 인한 집합금지명령이 해제된 며칠 후, 불현듯 어느 새벽, 그곳에 가야겠다는 생각이 들었다. 서둘러 갈 준비를 했다. 구석에 처박아둔 목욕 바구니를 꺼내 먼지를 닦고, 샴푸와 린스, 때수건, 유통기한이 한 달 넘은 요거트(얼굴 팩용으로 딱이다), 치약과 칫솔을 쑤셔놓고 해수사우나로 달려갔다. 그리웠던 누군가를 만나러 가는 것 같은 두근거림. 드디어 사우나에 도착, 사우나 입구의 풍경을 보는 순간, 내가 진심으로 이곳을 사랑하고 있음을 느꼈다.

카운터를 지키고 있던 동네 삼촌도 나를 보고 반가웠는지, 아이고 오랜만이네. 왜 이제야 왔어? 하신다. 코로나로 2년 5개월 동안을 오지 못했으니(그전엔 하루가 멀다 하고 왔었다) 그럴 만하다. 집에서 백발자국도 안된 곳인데, 머나먼 외국처럼 그리워도 갈 수 없는 곳이었다.

마치 바다에 뛰어들고 싶어 안달 난 어린아이처럼, 재빨리 옷을 벗어놓고 목욕탕 문을 확 열었다. 그 순간, 목욕탕과 해수 냄새가 섞인 따뜻한 김이 나를 유혹하듯 사로잡았다. 알몸의 온몸으로 이 유혹을 받아들인다. 그 순간 바깥세상에서 살아내느라 생긴 오만가지 상처와 스트레스들이 녹으며 촉촉해진다.

해수 온탕으로 천천히 입수한다. 온몸으로 따뜻한 위로를 받는 기분이 든다. 역시 이곳에 오길 잘했어! 나 자신을 한껏 칭찬해줄 수 있는 몇 안되는 순간이다. 점점 몽롱해진다. 이때쯤 해수 냉탕으로 간다. 풍덩, 돌고래처럼 유영한다. 이곳은 작은 태평양이 된다. 돌고래가 된 나는 자유롭게 태평양을 유영한다. 꿈속 같다. 온탕과 냉탕을 수없이 오고 가며 때로는 부드럽고 시원한, 때로는 짜릿한 위로를 받는다.

옥사우나와 황토사우나, 나는 옥사우나를 좋아한다. 황토사우나가 자리 경쟁이 치열한 데 비해 옥사우나는 나 혼자 있을 수 있는 곳이다. 이곳은 목욕탕 속, 더 깊은 곳이다. 고요하다. 침묵할 수 있는 곳이다. 그래서 나는 이곳에 있는 걸 좋아한다. 너무 거대해서 아직 녹지 못한 상처와 스트레스들이 꿈틀대며 서서히 녹기 시작하는 신비스러운 곳이다. 나는 눈을 감고 이 신비스러움을 느낀다. 녹아내린 상처와 스트레스들을 해수 냉탕에 풍덩 던지러 다녀온다. 개운해진다. 다시 살아갈 기운이 올라온다.

예쁘고 멋지게 살아가고 싶은 희망이 마음 깊은 곳에서 올라온다. 그렇다면! 이제 팩을 해야겠다. 그래야 이뻐지지. 챙겨온 유통기한 넘은 요거트에 율무가루를 되직하게 섞어 얼굴에 꼼꼼하게 바른다. 마음으로 '예뻐져라, 젊어져라, 멋져져라' 주문을 왼다. 목욕탕 한쪽에 놓여있는 바캉스 의자에 수건 하나를 깔고 눕는다. 다른 수건 하나로 몸을 덮고 눈을 감는다. 세상 편하다. 누군가에 대한 미움과 분노, 나에 대한 실망조차도 환대하게 되는 순간이다. 스르르 잠이 든다. 깨어 보니 이십분이나 흘렀다.

스탠딩 샤워기에서 얼굴을 씻어내고, 머리를 감고, 때를 가볍게 민다. 수건으로 물기를 닦고 탕 밖 마루로 나간다. 몸에 로션을 정성껏 발라주며, 내 몸을 따뜻하게 토닥거려준다. 헤어오일을 바르며, 내 머리를 쓰다듬어 준다. '네가 애쓰고 있는 걸 나는 안단다. 잘하고 있어' 어디선가 들려오는 것 같은 격려, 우리 동네 목욕탕, 삼양 해수사우나가 해주는 위로다. 이 위로의 맛은 한 번도 맛본 적 없는 사람은 있지만, 한 번만 맛본 사람은 없을 거라고 자신한다. 이 맛이 궁금하다면, 지금 바로 목욕탕 가방을 싸세요. 그리고 삼양 해수 사우나로 출발!

희망희정의 해방일지

희망희정

늘어지게 늦잠을 잘 수 있는 휴일 오전, 몸을 꼼지락 꼼지락 웅크리다 기지개를 켜고 느릿느릿 일어나서 씻고 나갈 준비를 한다. 걸어서 갈 수 있는 거리에 오일장이 있어서 좋고, 오일 장에 가면 좋아하는 떡볶이, 옥수수 등 간식거리를 살 수 있어서 좋다. 휴일에 마침 집 앞 동네 오일장이 서는 날, 아들과 내가 좋아하는 뚱뚱한 떡볶이랑 옥수수를 먹을 생각에 벌써부터 입 안에 침이 가득 고인다. 둘러보고 과일도 좀 사고, 또 뭐 살까? 즐거운 고민을 하며 준비를 마치고 휴대용 장바구니를 넣은 백팩을 메고, 만 원짜리 5장을 주머니에 넣으면 출발.

걸으면서 엄마한테 전화를 한다. "엄마, 오일장인디 뭐 살 꺼이시믄 고릅써!" 엄마는 "아고~덥고 무거울 건디, 내불라게~." 하시지만 막내딸이 한 번 더 찌르면 할 수 없다는 듯 뭔가를 주문한다. 오일장에 도착하면 한 바퀴 휘 둘러보면서 어디서 무엇을 사면 될 지 마음속으로 찜을 해둔다. 찜해 둔 순서대로 하나씩 사서 차갑거나 무거운 건 백팩에 넣고 뜨거운 음식은 휴대용 장바구니에 넣는다. 집으로 돌아올 때쯤 온 몸에 땀이 송글송글 맺힌다. 맺힌 땀방울이 또르르 떨어지는 감각에 기분이 좋아져 걸음걸이가 더 씩씩해진다.

어릴 적 멀미가 심했었는데 지금은 버스 안에서 책을 읽어도 멀미를 하지 않는다. 심지어 먼 거리를 오가는 버스 안에서 책을 읽을 수 있는 시간을 좋아하게 되었다. 두 좌석에 한 사람씩 앉을 정도의 손님이 탄 버스가 좋다. 바다를 볼 수 있는 쪽으로 자리를 잡아 앉는다. 가방을 옆 자리에 놓고 가만히 창밖 바다를 구경하다가 읽던 책을 꺼낸다. 내릴 곳을 놓칠 수도 있으니 휴대폰으로 알람을 맞춰놓고 책에 마음 놓고 빠져든다. 서너 번 정도 같은 곳을 규칙적으로 가야 하는 일정이 생기면 버스 안에서 무슨 책을 읽을까 고민하며 고르는 재미가 쏠쏠하다.

동네 한 바퀴, 30분 이내의 약속 장소 등 짧은 거리는 웬만하면 걸어가는 것을 좋아한다. 운전을 못하기 때문이기도 하고 걷는 것을 좋아해서 운전을 못하는 것을 선택하기도 했다. 특히 곶자왈 같은 약간은 축축하고 초록색으로 가득한 공간, 정돈되지 않아 크고 작은 돌멩이가 굴러다니는 그런 길을 걷는 것이 좋다.

한동안 선배와 동기 몇 명이 주말마다 그런 길을 걸었었다. 술을 좋아하지만 낮술은 싫어하던 내가 그 때부터 막걸리의 매력을 알게 되었다. 한 참 걷다가 지칠 때 쯤 막걸리 한 병을 넷이서 나눠 마시는 그 맛이란~. 막걸리를 마시고 나면 내 몸 어딘가에 아껴뒀던 힘이 솟아서 다시 처음처럼 힘차게 걷는다.

5년 전 '힙합의 민족'이라는 프로그램이 있었다. 50대~70대 배우와 래퍼들이 파트너가 되어 연습하는 과정을 보여주고 공연하는 프로그램이었다. 랩을 하는 것을 보면 정신이 없고 알아듣기 어려워 멀리했는데 '힙합의 민족'을 보면서 어깨가 들썩이고 어느새 따라하면서 즐기게 되었다.

힙합에 재미를 느낀 이후로 '고등래퍼'와 '쇼미더머니'를 하는 금요일 밤 11시를 기다리기 시작했다. 그 시간에 맞춰 지킨을 주문하고 아들은 콜라, 나는 생맥주로 건배를 외치며 TV 앞을 지켰다. 남편이 가끔 들어와서 다른 프로그램을 보고 싶어 해도 절대 양보하지 않았다. 남편은 "아들보다 어멍이 더 좋아햄신게"라고 한마디를 던지며 어쩔 수 없이 같이 보곤 했다. 코로나19 이전엔 그 프로그램에 나왔던 래퍼들이 제주에서 공연을 하면 아들이랑 둘이 데이트를 할 수 있어 그것 또한 즐거움이었다.

딸과는 여자 배구 시합이나 특히 '골 때리는 그녀들'이란 예능 프로그램을 열렬히 시청했었다. 스포츠 경기여서 딸과 TV를 볼 때는 큰 소리가 저절로 나와서 아들이 어이없게 쳐다보곤 한숨을 쉴 때도 있었지만 우린 아랑곳 하지 않고 TV에 들어가기라도 할 것처럼 집중해서 보곤 했다. 지금은 딸이 없어 혼자 보긴 하는데 확실히 딸과 함께 소리 지르며 보는 것과는 비교할 수가 없다. 딸이 집으로 돌아와 소리 지르며 같이 볼 방학을 손꼽아 기다리고 있다.

코로나19 이후 노래방에 간 적이 없지만, 그 이전에는 술을 한 잔 마시고 느낌이 올 때 가끔 노래방엘 가는 걸 좋아했다. 어느 정도 흥이 올라간 상태에서 노래방에 가서 정하지 않았지만 순서대로 노래를 부르고 신나게 박수도 치고 빈 공간에 각자 자리를 차지해서 춤까지 췄다. 정신없는 시간을 보내고 노래방이 있는 건물을 빠져나오면 다른 세상에 다녀온 느낌이 들곤 했다. 노래방에서 나의 광기를 본 사람들은 똘끼가 다분하다는 말을 하며 다음에 만날 때 나를 데리고 노래방에 다시 가고 싶어 한다. 하지만 그 똘끼는 1년에 한두 번 이상 발휘되지 않는다는 사실을 그들은 잘 모른다.

뭐니 뭐니 해도 내가 제일 좋아하는 것은 영화를 보는 것. 나의 영화 사랑에 대한 일화를 떠올리니 끝이 없다. 20대부터 30대까지 제주에서 서울 여러 군데를 돌며 비디오테이프를 2,000장 넘게 수집했던 일. 어릴 때 제주시에 있던 코리아극장, 아카데미극장, 피카디리극장을 하루에 돌며 영화를 보던 일. 영화와 관련한 동아리를 만들어서 같이 영화보고 얘기를 나누는 모임 역시 제주에서 서울에서 늘 나서서 만들었던 일. 씨네21이란 주간지를 구독하며 꼼꼼하게 읽고 거기에 독자 영화평? 그런 면에 글을 보내고 실렸던 기억도 어렴풋이 난다.

20대 후반 서울에 가서 영화제 자원봉사를 하기도 하고, 제주에서는 볼 수 없었던 독립영화, 심야영화 등을 보러 다녔다.

밤 12시부터 새벽 6시까지 공포영화 세 편을 내리 보고 새벽에 지하철을 타고 자취방으로 돌아갔던 일. 서울에 올라갔던 이유 또한 영화와 관련한 일을 하고 싶어서였다. 영화평론에 관련한 책을 잔뜩 사서 독학하다가 포기한 일도 있었다.

한 번은 딸이 기저귀를 떼는 과정에 있을 때 데리고 조조영화를 보러 갔었다. 기저귀를 하고 갔어야 했는데 그러지 못했고, 영화를 보는 중간에 딸이 쉬가 마렵다는 신호를 보내왔다. 극장 안에는 서너 명의 관객이 있었다. 무슨 영화였는지 지금 떠오르지 않지만 영화의 장면을 놓치고 싶지 않아서 나는 딸의 쉬를 먹던 팝콘 통에 처리를 하고 계속해서 영화를 봤다. 영화에 대한 사랑을 넘어 집착인가 싶은 마음이 순간적으로 올라온다.

제주를 걷고 전국을 걸으며 지역마다 열리는 오일장을 찾아 떡볶이를 먹고, 지나는 길에 좋아하는 사람들을 만나 같이 걸으며 막걸리도 마시고, 곳곳에서 하는 영화제에도 가야겠다. 이런 생각만으로도 기분이 좋다. 좋아하고 사랑하는 일들을 떠올리는 것만으로도 미소가 지어지는데 활자화되는 과정이 눈앞에서 펼쳐지니 미소의 농도가 더 짙어진다. 손가락 끝에서부터 올라와 온몸으로 퍼지는 짜릿함에 더 행복하다.

지금 여기 행복이 머무는 곳

김형선

매일 똑같은 생활을 반복하고 복잡한 일이 머릿속에서 지워지지 않는 날이 있다. 이런 날에는 감사한 일에 집중하며 행복을 만들려고 노력한다. 행복하기 위해서 일상에서 벗어나 여행을 떠나보는 것도 좋다.

나의 상황을 알아챈 것은 아니지만 1박 2일로 언니와 함께 자연 휴양림에 다녀왔다. 소중한 사람들과의 1박 2일 숲 체험, 너무 좋지 않은가! 복잡한 내 마음을 일상에 남겨둔 채 행복에 집중하기에 딱 좋은 여행이었다.

언니와 나의 만남을 '김 자매 타임'이라고 부른다. 이번 김 자매 타임은 아이들과 함께했다. 언니와의 여행은 짐을 챙기는 부담도 덜고 마음도 가볍다. 지금 나는 아이들을 보살피는 두 아이의 엄마가 되었지만, 언니와 있을 땐 여전히 보살핌을 받는 동생이다.

평소보다 여유로운 마음을 가지고 교래자연휴양림으로 향했다. 마음가짐을 달리하니 모든 것이 즐거웠다. 입실시간보다 일찍 출발한 나와 아이들은 시간에 쫓기지 않았다. 아이들이 멈춰 달라는 곳마다 잠깐씩 차를 세워 구경도 했다. 땡볕 아래 풀을 뜯어 먹는 말을 발견하기도 하고 여행을 온 관광객들의 모습을 보기도 했다. 제주에 살면서도 하루하루가 바쁘다는 핑계로 관광객들보다 제주 구경을 많이 못했다.

"민율아, 우린 참 좋은 곳에 살고 있다. 그치?"

"맞아요, 선생님이 부산은 마음대로 구경도 못 한대요."

"응?"

"마음대로 돌아다니지도 못 한대요."

"아~ 부산이 아니고 북한이야. 부산에 살아도 마음대로 구경할 수 있어."

선생님 말씀을 엉뚱하게 들었지만, 학교에서 배운 것을 이야기해 주는 아들이 귀여웠다. 이번 여행이 아니었으면 듣지 못했을 아이들의 말에 더욱더 귀 기울여본다. 아이들과 함께하는 시간이 천천히 흘러가는 것 같아 기분이 묘했다. 이런 여유로움이 좋았다. 마음만 먹으면 어디든 여행지가 될 수 있는 곳에 살고 있음에 감사했다.

교래자연휴양림으로 들어가는 길은 일방통행이다. 입구를 지나쳐 후진할 수도 없는 상황이었다. 평소 같으면 '더워 죽겠는데 이런 것도 제대로 못 찾아?' 하며 짜증 냈을 게 뻔하다. 하지만 오늘만큼은 달랐다. 행복하기로 마음먹었으니까.

'시간도 많은데 다시 돌아오면 가면 돼, 괜찮아.'

큰길에서 차선을 바꾸고 유턴을 하여 일방통행 길로 들어갔다. 처음에는 낯설었던 길이 한번 와봤다는 이유로 길을 쉽게 찾을 수 있었다. 사소한 행동 하나에도 긍정적인 의미를 부여했다.

'인생도 마찬가지 방황하고 헤매도 결국 내가 원하는 방향으로 가게 될 거야. 나는 잘 해낼 거야.'

"엄마, 여기가 어디예요? 아까 봤던 길 같은데?"
"엄마가 길을 착각해서 헤맸어. 그래도 괜찮아, 이런 게 여행의 재미야. 길을 헤매기도 하고 그곳에서 새로운 것을 발견하기도 하지."

아이들과 함께 주변에 피어있는 꽃을 보았다.
"엄마, 이 꽃 이름은 뭐야?"
"수국이야."
"엄마, 둘 다 수국인데 왜 꽃 색깔이 달라?"
"응. 꽃은 흙의 영양분을 먹고 자라는데, 수국은 어떤 흙을 먹느냐에 따라 색이 달라진대. 그래도 모두 꽃이지."

아이들이 '모두가 꽃'이라는 말에 〈모두가 꽃이야〉라는 동요를 소리 높여 부른다.

"산에 피어도 꽃이고 들에 피어도 꽃이고
길가에 피어도 꽃이고 들에 피어도 꽃이고
아무 데나 피어도 생긴 대로 피어도
이름 없이 피어도 모두가 꽃이야.
봄에 피어도 꽃이고 여름에 피어도 꽃이고
몰래 피어도 꽃이고 모두 다 꽃이야."

노래를 신나게 부르고 있던 딸이 벌을 발견했다.

"엄마, 벌이야 무서워."
"서율아, 사람이 벌을 공격하지 않으면 사람을 먼저 공격하지 않는데, 오빠가 지켜줄게."

동생을 안심시켜 주는 오빠의 모습이 대견했다. 동생을 지켜주려는 오빠의 모습과 오빠에게 의지하는 동생이 모습이 쭉 이어지길 바랐다.

'둘 낳길 잘했어. 여기 오길 잘했어.'

아이들의 쫑알쫑알대는 대화들에 귀를 쫑긋 세워 들어보면 행복해진다. 집에 있으면 살림하느라 바빠서 듣지 못했을 사랑스러운 대화들을 들으며 한마디 한마디가 소중했다.

햇살은 무척 뜨거웠고 우리가 머물 공간까지 300m는 더 가야 했다. 남편 없이 아이들과 짐까지 챙기려니 힘이 들었다. 어쩔 수 없이 언니가 올 때까지 짐을 차에 두고 숙소가 있는 곳까지 걸어가 보았다. 숲으로 들어가 보니 더위는 온데간데없고 시원함이 우리를 반겨주었다.

방금 전까지 '여름에는 물놀이지'라는 생각을 무색하게 만들었다.

'이래서 무더운 여름에 시원한 숲을 찾는구나! 그래, 어릴 때도 여름이면 나무 그늘 아래 모여 앉아 놀았지.'

어릴 적 생각도 나면서 지금은 많이 사라진 나무를 생각하니 씁쓸했다.

기다리던 언니와 조카가 오고 숙소로 향했다. 아이가 둘에서 셋이 되니 더 신이 났다. 아이들끼리 잘 놀아주는 날에는 엄마의 관심이 조금 다른 곳에 가도 상관이 없다. 몸과 마음의 자유로 행복은 배가 된다.

숙소 안으로 들어가자마자 보이는 큰 창문으로 바라보는 바깥 뷰는 힐링 그 자체다. 울창한 숲, 자연의 초록이 나의 몸과 마음을 편안하게 만들어준다. 음악을 틀지 않았는데도 클래식이 울려 퍼지는 느낌이 든다. 초록을 닮은 아이들과 숲이 주는 초록이 음악과 어우러져 완벽한 하모니를 이루었다.

비눗방울 놀이, 물총 싸움, 곤충채집 등 자연을 벗 삼아 놀았다. 대낮에 숲은 초록을 선물해주었다면 한밤의 숲은 곤충의 비밀을 선물해주었다. 어둠에 대한 무서움을 잊은 채 양손에는 손전등과 채집통을 하나씩 챙겨 나섰다.

"야간 곤충탐험대 출발."

한껏 용기를 장착하고 길을 나서자마자 뱀을 발견했다. 사슴벌레를 꼭 잡고 말겠다는 아이들의 대단한 각오가 뱀의 무서움도 순간으로 넘길 수 있었다. 손전등으로 나무 사이를 비출 때마다 책으로만 보았던 곤충의 모습이 그대로 있었다. 특히 매미의 우화 과정을 직접 두 눈으로 보니 참교육이 따로 없었다. 매미의 성장 과정을 하나하나 발견할 때마다 감탄이 절로 나왔다.

아이들은 곤충 박사가 되어 곤충에 대해 설명해 주었다. 사슴벌레, 장수풍뎅이, 하늘소, 풍뎅이 그리고 뱀, 플라나리아, 달팽이 등 평소에 흔하게 볼 수 없는 자연의 생명이 천지에 가득 있었다.

야간채집을 마치고 숙소로 돌아오니 나방과 풀벌레가 빛을 좇아, 커다란 통유리 창에 다닥다닥 붙어있었다. 야간채집의 흥분이 가라앉기도 전에 등화 채집이라며 흥분했다. 올망졸망 모여 있는 아이들을 보며 또다시 행복을 느끼고 일상으로 돌아갈 힘이 났다.

좋은 것만 생각하고 즐기기에도 아까운 시간, 오늘 하루 모든 것을 잊고 행복하기로 마음먹길 잘했다. 힘든 일이 있고 벗어나고 싶을 때 행복을 찾아 떠나보자.

Happy Birthday To Me

김형선

어렸을 때 엄마가 생일을 제대로 챙겨줬던 기억이 없다. 시골에서 자라 농사일로 바쁘셔서 그랬을까? 생일을 챙기는 문화가 없었던 것 같다. 다른 가족은 더 챙겨주고 나를 챙겨주지 않는 것도 아니었다. 그래서 섭섭함도 없었다.

보통 생일 하면 떠올리는 미역국도 나에겐 큰 의미가 없다. 학교에 다니기 시작하면서 특별한 생일파티는 아니었지만, 친구들을 불러서 과자 파티를 했다. 다른 친구들의 생일파티도 별반 다르지 않았다. 선물로 학용품을 주고받았고 고등학생쯤 되어서야 친구들과 돈을 모아 원하는 선물을 주고받았다. 친구들과 함께 보는 생일이 당연했다.

가족들과 함께 하는 생일보다 친구들과 함께 즐겼던 생일의 기억이 더 많다. 20대에는 한 달 내내 친구들과 생일파티를 해서 "넌 생일을 한 달 내내 하냐?!"라는 소리를 듣던 시절도 있었다. 지금은 언제 그렇게 생일을 자주 챙겼는지 모를 정도로 과거의 추억일 뿐이다.

생일기념일에 대해 제법 초연해졌지만 그래도 생일을 챙겨주지 않으면 섭섭한 한 사람이 있다. 바로 현재 남편이자 구남친이다. 남편과 7년간 연애를 하고 결혼을 했다. 주변 지인들에게 늘 축하를 받아왔고, 나이가 들어 서로 생계가 바빠 축하가

뜸한 시기에도 괜찮았다. 그런데 남자친구가 내 생일을 챙겨주지 않는 것은 무척 섭섭하고 화가 났다. 사랑하는 연인 사이에 말이 되냐고!

연애를 시작할 무렵, 시부모님이 분식집을 개업해서 일손이 부족할 때였다. 남자친구는 부모님의 일을 돕느라 바빴고 내 생일날에도 생일 축하한다는 한마디 말도 없었다. 내 입으로 생일이라고 말하기도 민망하고 마음이 찜찜했다. 남자친구에게 최고의 대접을 받아도 모자랄 판에 나를 소중하게 여기지 않는 느낌을 받아 서운했다. 친구들과 함께 생일을 보내면서도 내 생일을 기억해 주지 않는 남자친구가 미웠다.

부모님의 일을 도와주고 밤 10시가 넘어서야 내 생일을 축하해 주러 왔다. 남자친구 딴에는 친구들까지 동원해서 열심히 이벤트를 준비했다. 시청 어느 식당 공터에 길을 따라 하트 모양의 초를 만들고 꽃과 목걸이를 선물했다. 이벤트만 보면 너무 감동적이지만 섭섭함으로 가득 찬 나의 마음은 풀리지 않았다. 공개적인 장소에서 이벤트가 창피하기까지 했다.

물질적인 것보다 마음이 중요했고 예고 없는 이벤트보다 생일날 무엇을 할 것인지 미리 귀띔해 주는 것이 좋았다. 부모님을 챙기는 마음을 미워하는 것은 절대 아니니 오해하지 마시길. 사정이 있을 때는 마음을 먼저 표현하면 된다. 서프라이즈를 해 준다고 생일을 모른척하며 약을 올릴 대로 올려놓고 '짠!' 하면 기분이 좋아질까? 드라마나 로맨스 책에 가능하겠지만 나에게는 통하지 않는다.

이날 이후로 남편도 어떤 이벤트도 하지 않는다. 나의 반응이 너무 뜨뜻미지근해서 실망이 컸다고 했다. 사실 기념일에 이벤트를 챙기기 귀찮아 대는 핑계가 아닌지 의심스럽기도 하다.

남자친구에서 남편이 되기까지 보낸 시간이 꽤 길다. 함께 지내보니 남편은 '다른 사람 입장에서 그렇게 생각할 수도 있어' 하고 이해가 안 되는 사람인듯하다.

내가 가끔 꽃을 받고 싶어 할 때도 '꽃은 금방 시들잖아'라며 자신의 생각을 내비쳤다. 매일 사달라는 것도 아니고 가끔은 꽃이 필요한 순간이 있는데. 7년간의 연애와 10년 차 결혼 생활 중 남편에게 꽃을 받은 일은 열 손가락 안에 든다. 반강요로 받은 꽃이 있는데 이것은 오래오래 간직할 수 있는 절대 시들지 않는 드라이플라워다. 남편 딴에는 생각해서 선물한 꽃인데 나는 마음에 들지 않았다.

'왜 이리 내 마음을 몰라주는 걸까? 사람 참 한결같네.'

"나는 시들어도 생화가 좋아. 그래도 고마워"하고 뒤끝 있는 한 마디를 내뱉고 남편한테 꽃 선물 받기에 대한 집착을 내려놓았다.

남편은 생일 때마다 생일을 미리 챙겨주는 법이 없다. 생일 당일 사정이 생겨 늦은 시간이나 다음날 챙겨주기를 반복했고 여름 휴가철 친구들과 여행 계획을 세우기 바빴다.
'기념일이 별 거냐, 평소에 잘해주면 그게 더 좋지'하고 마음을 먹어보지만 가끔 챙김을 받고 싶을 때가 있다.

어김없이 다가오는 나의 생일, 올해에는 더더욱 기대하지 않았다. 서로가 힘든 해이기도 하고 축하하는 마음만 있으면 충분했다. 오히려 매년 잘 챙겨주던 언니가 나의 생일을 잊어서 '어쭈구리' 하며 넘겼다. 올해도 역시 남편에게 일이 생겼다. 아는 형님 어머니가 돌아가셔서 내 생일을 미리 챙기지 못했다. 다른 때 같았으면 어쩔 수 없는 상황임에도 섭섭했을 텐데 그냥 괜찮았다.

혼자라도 생일 기분을 내보려고 아이들과 외식을 했다. 모임에서 생일 축하금도 보내왔고 지인들에게 선물도 받았다. 기대가 없으니 쓸데없는 감정 소모가 없어서 좋았다.

'나의 생일을 스스로 즐겨보는 거야.'

온종일 즐거웠던 것은 아니지만 꽤 괜찮은 하루였다.

아이들을 재우려고 할 때쯤 남편이 집에 도착했다. 평소 도움이 필요한 순간 없고 혼자 있고 싶을 때 나타나는 남편에게 화가 나기도 했지만, 의도가 그렇지 않다는 것을 알기에 이해했다. 남편이 밖으로 나와보라고 한다.

'뭔가 준비한 거 같은데. 별 거 아니겠지.'
기대감 없이 나갔는데 남편은 생각보다 신경을 많이 썼다. "짜잔! 생일 축하합니다. 생일 축하합니다. 사랑하는 여보의 생일 축하합니다. 생일 축하해."
제때 챙겨주지 못한 아쉬움과 미안함이 있어 자신 있게 노래를 부르지 못하는 모습이 짠했다. 프리저브드 플라워(*화학 약품 처리를 하여 오랫동안 생화 형태를 유지할 수 있게 만든 꽃)와 팔찌를 나에게 건넨다.

'엄마도 이런 팔찌 갖고 싶다.'라고 스쳐 지나가며 했던 말을 기억하고 내가 그토록 원했던 꽃과 함께 준비한 선물이라고 한다.

"이번 생일에는 케이크도 없네."
괜히 볼멘소리를 해봤다. 그런데 냉동실에 케이크도 있었다.

"이번에 준비 많이 했는데 장례식만 아니었으면 좋았을 텐데, 원래 아이들이랑 할 일도 정해서 엄마한테 커피도 타주고 그림도 그려주고 계획했어. 이해하지?"
"응, 어쩔 수 없지. 고마워."

아이들을 돌보느라 피곤한 나는 오늘도 남편이 기대하는 격한 감동을 표현하지 못했다. 이 글을 쓰며 생각해보니 연애 시절 남자친구가 불러 주는 노래를 참 좋아했다. 노래 부르는 것을 좋아하는 남편인데 요즘 노래를 잘 부르지 않아 노래 실력이 죽었다며 안타까워했다. 그런 모습을 보는 나도 남편이 안쓰러울 때가 있다.

상황이 허락되지 않아 마음을 비웠더니 의외로 많은 축하가 있었다. 작년에 연락이 뜸했던 친구들에게 생일 축하 문자와 모바일 쿠폰을 선물로 받았다. 코로나19 바이러스로 오래 보지 못한 고등학교 친구들을 만나 요리장이 차려주는 정성스러운 음식도 먹고 와인을 마시며 대화의 꽃을 피웠다. 5개월 만에 나를 위해 미용실에 가서 머리도 하고 두피 마시지도 받았다.

육아, 일, 살림으로 나를 희생만 하는 것 같아 잠시 슬퍼했던 나의 삶에 나를 위한 일들로 채워 나를 행복하게 만들었다. 누군가가 나를 행복하게 만들어주길 기다리기보다 나 스스로 나를 대접해주고 챙겨서 즐겨보련다.

"생일 축하해. 그동안 수고 많았어. 우리 행복하자."

내가 나에게 말을 건넨다.

그래, 그것이었지.

김은정

습하다. 날은 더운데, 사방이 젖어있는 것처럼 축축하다. 하마가 아무리 마셔도 해결될 습도가 아니다. 제습기를 켜야겠다. 베란다에 있던 제습기를 꺼냈다. 줄을 꺼내 콘센트에 꽂으려는 순간, 아, 제습기 뒤에 돌돌 잘 말려서 정돈된 줄이 보인다. 무언가 겹치는 순간이다.

그와 결혼하기 전의 상황이 떠오른다. 커피전문점에서 노트북으로 공부를 하다가 마치고 나가려는 순간 화장실 다녀와 보니 정돈된 내 노트북. 노트북 위에 마우스가 가지런히 놓여있고 노트북 콘센트 줄은 가지런히 말아서 정돈되어 있었다. 마치 새 물건 같았다.
그래, 나의 남은 삶을 그와 함께 해야지 했던 순간이었다. 노트북의 정돈된 줄, 몇 년 간이나 노트북을 사용하면서 한 번도 내가 해보지 않았던 깔끔한 정리. 난 가전제품에 달려있는 긴 콘센트 줄을 그렇게 돌돌 말아 정리된 것을 처음 보았다.
내가 가지고 있지 않은 것들은 그는 가지고 있었다. 그는 매일 같은 시간에 같은 루트로 살며 매우 조용한 삶을 산다. 같은 시간에 일어나고 씻고 출근하고 운동을 하고 식사를 한다. 성실한 생활에 운동을 매일하고 깔끔한 성격으로 청소와 빨래를 잘 한다. 잘한다는 의미는 그가 청소한 날은 내가 다시 무엇을 할 필요가 없다는 의미이다. 빨래는 또 어떠한가. 옷감을 구분하여 빨 줄 알고 개는 것도 각이 지게 곧은 모양이 나오게끔 갠다. 가끔 이 반복적인 생활이 깨지는 경우, 예를 들면 여행을 가거나, 다리가 다쳐서 운동을 하지 못하는 상황을 매우 불편해한다. 조용하고 혼자 있기를 좋아하는 그는 사람들이 많은 공간도 그다지 좋아하지 않는다. 그의 성향이다.

반면에 난 낯선 곳을 좋아하고 창의적이며 호기심이 많고 누군가와 이야기를 나누는 것을 좋아하고 여행을 좋아한다. 일률적이고 획일적인 것을 힘들어하며 반복적인 삶과 정리하는 것을 좋아하지 않는다. 요리는 창의성이 반영되니 당연히 좋아한다.

결론은 우리 부부는 참 많이 다르다.

이쯤 되면 '우리 부부가 왜 같이 살까?'라는 의문을 가져본다. 많은 이들이 "내 남편은 로또에요. 하나도 안 맞아요."라고 말하는 것과 같다. 같을 것이 하나로 없는 그와 난 왜 같이 살고 있을까?

그래 그 줄, 곱게 말린 그 줄, 가지런한 그 콘센트 줄 때문이었다. 그는 내가 가지고 있지 않은 것들을 가지고 있고 그것들이 내 삶을 윤택하게 해 줄 것 같았기 때문이다.

다르게 보면 어쩌면 우리 부부는 너무나도 달라서 각자 자기 자리에서의 역할만 완벽하다면 오히려 같이 살기에 적합하다고 말할 수도 있겠다. 감히 그렇게 말하고 싶다. 나는 요리를, 그는 청소와 빨래를, 육아에서 나는 아이와 학습을, 그는 아이와 운동을 함께 한다. 정서 교감은 함께 나눈다. 아이를 키우는 일은 우리의 성향과 상관없는 공동의 목표이기 때문이다.

서로 달라서 싸우고 달라서 같이 산다. 이 아이러니한 상황은 무엇일까?

생각해보면 그와 같이 사는 이유는 그렇지 않을 이유보다 훨씬 많다. 매일 함께 하는 삶에서 항상 상대방이 좋을 수는 없다. 그 역시 나의 행동을 이해하지 못하는 부분이 있을 것이다. 그가 내게 그런 것처럼 그에게 나도 역시 하나도 맞지 않는 로또일 수 있다.

며칠간 어지러운 집안 사정으로 그를 향한 검은 마음을 품고 있었다. 하지만 나의 검은 마음을 눈치 챈 그는 시간은 조금 걸렸지만 해결하겠노라고 말했고 실천했다.

제습기 뒤에 돌돌 말린 가지런한 콘센트 줄처럼 우리 인생이 항상 반듯하게 갈 수 없다는 것을 안다. 내가 살아온 날 보다 이제 살아갈 날이 더 많지 않다는 것도 안다.

그러면 손잡고 가보자. 둘이 하나가 되는 어느 한쪽의 희생이 아니라 둘이 손잡고 같은 곳을 보자. 사랑은 방향이 중요하다고 하지 않았던가.

엄마의 텃밭-눈독을 들이다

숨비기낭

"아고, 야이네 잘 있어신 게. 이 수박 보라이."
(아고, 이 아이들 잘 있었네. 이 수박 봐라.)
 집에 들어서자마자 엄마의 눈길은 텃밭에서 떠날 줄 몰랐다.
일주일 간의 병원 생활을 하면서도 장마가 온다는데 고추랑 오
이들은 어떨지, 살짝 넓은 잎으로 가려 놓은 앙증맞은 애기 수
박은 괜찮을지, 물은 잘 주고 있는지, 애꿎은 조카만 탓하며
수술한 당신보다 더한 걱정으로 마음을 졸이던 차였다. 입원실
밖으로 *과랑과랑한(쨍쨍한) 햇볕만 보면 야속타 하시며
"비가 좀 와사 자이네들 클 건디, 큰일이여. 어허 참."
(비가 좀 와야 저 아이들도 클 텐데, 큰일이네, 어허 참.)
걱정이 한 가득이었다. 정작 당신은 수술 후 방귀가 나올 며칠
동안 물 한 모금 마시지 못하면서 말이다.

 말이 좋아 텃밭이지 마당 한구석에 노란색 감귤 컨테이너 세
개를 붙여놓은 게 전부다. 올봄 보성시장 근처를 몇 번을 돌고
돌아 화장품 가게 앞에 나란히 나란히 줄 선 모종들을 만났다.
그때만 해도 아직 모종이 많이 나오지 않은 때이고 토마토는
취급하지 않는다는 주인장 말에 엄마의 낙심이 컸지만 아쉬운
대로 고추와 가지, 수박 모종 두어 개씩을 텃밭에 들였더랬다.

 그 후로 집에만 가면 엄마는 올망졸망한 모종들을 심어놓고선
고추 모종이고 가지 모종이고 그저 똑같이만 보이는 이 딸에게
굳이 아픈 다리로 컨테이너 앞까지 나와 서서는 하나하나 설명

하며 강아지 보듯 했다. 어린 연둣빛 고춧잎은 어쩐 일인지 자꾸 벌레가 먹어서 약을 좀 해줘야겠다며 속상해서 구멍 숭숭 난 잎을 만지고 또 만졌다. 엄마 손은 약손이라도 하는 듯이. 요 가지는 무심하게 혼자서 조금씩 컸다고 대견타 하시며 자랑하기 바빴다. 저 수박은 줄기 탈 수 있게 담 쪽으로 두툼한 쇠막대기도 같이 심어놓았다며 마음은 벌써 수확이라도 한 것처럼 흡족한 웃음이 번지기도 했다. 진짜 이 초록이들 어딘가에 살랑살랑 흔드는 꼬리라도 있는 건 아닐까.

어느 한 날 밤엔 마당에서 삐끗 넘어졌는데 그 바람에 수박 모종 하나가 꺾였다고 낭패다 하셔서 딸의 마음을 덜컥하게 만들기도 했다.
'지금 수박 모종이 문제꽈? 큰일 날 뻔해신 게.'
(지금 수박 모종이 문제예요? 큰일 날 뻔했네.)
이만큼 나오려는 잔소리를 기특하게도 꿀꺽 삼키며 애써 평온한 목소리로
"조심헙서예. 엄마 다치면 야이네도 못 키우셔."
(조심하세요. 엄마 다치면 얘네들도 못 키우셔.)
이야기하길 여러 번.

늘 봄을 함께 해온 고사리 코인사를 몇 해 전부터 도무지 할 수 없게 되자 그 헛헛함에 봄앓이를 해오던 엄마다. 나서기만 하면 고사리고 달래고 두릅을 마음껏 할 수 있을 텐데 그저 이웃 삼춘들한테서 제주 봄 들판의 소식을 전해 듣기만 할 뿐. 그 휑한 마음에 들어차 앉은 것이 이 컨테이너 텃밭일 터였다. 벌레 먹은 고춧잎을 애지중지 살펴보다가 달팽이가 범인인 것을 알고는 달 기우는 봄밤에 달팽이들을 하나하나 잡아냈다며,

아무래도 고추는 틀렸지 하시는 모습은 또 그렇게 애달플 수가 없었다. 친정 엄마의 희로애락을 함께 해주는 다정한 초록, 그런 텃밭이다.

그렇게 두 달 사이 엄마 텃밭의 반려 채소들은 쑥쑥 컸다. 다소곳하던 컨테이너 텃밭은 마음껏 팔 벌리는 오이와 수박 덩굴을 빨래집게로 빨래 널듯 잡아줘야 할 정도로 나름 무성해졌다. 애달파하던 고추 모종은 엄마의 근심에 마음을 돌렸는지 벌레 먹은 잎 사이로 제법 튼실한 고추를 내주어서 엄마의 안도감을 자아냈다. 노란 꽃 아래 잔가시로 무장해서 존재감을 뿜어대던 오이는 여기저기 길쭉길쭉하게 늘어선 모습이 또 얼마나 자랑스러워 보이는지.

그중 단연 으뜸은 애기 수박이었다. 애기임에도 연한 줄무늬로 자신의 정체성을 확고히 하던 녀석. 어느 날 집에 들른 나에게 엄마는 목소리마저 작게 소곤대며 커다란 잎을 들춰내며 말씀하셨다.
"요거 보라이. 요거 수박 열매 맺으난 이렇게 잎으로 곱쳐낫쪄, 못 보게."
(요거 봐라. 요거 수박 열매 맺으니까 이렇게 잎으로 숨겨놨어, 못 보게.)
아니 이게 이렇게 소곤댈 일인가 싶으면서도 나도 모르게 내 목소리도 함께 작아졌다.
"무사? 무사 야인 여기다 곱쳐뒀수과?"
(왜? 왜 얘는 여기다 숨겨뒀어요?)
"이거이, 저기 올레 할망이랑 조천 할망이랑 자꾸 왔다 갔다 하멍 베려봐부난 저 오이 맺혔던 거 안 쿰시녜. 경허난 요 수박은 곱쳐뒀주."

92

(이거, 저기 올레 할머니랑 조천 할머니가 자꾸 왔다 갔다 하면서 보니까 저 오이 맺혔던 거 안 크잖아. 그래서 요 수박은 숨겨뒀지.)

그런 사연 때문에 엄마는 집에 오자마자 그 녀석부터 확인한 것이었다. 커다란 수박잎을 살짝 들자 세상에나! 겨우 손가락 한 마디 정도였던 애기 수박이 야구공만큼이나 토실토실해져서는 의젓하게 컨테이너에 몸을 기대고 있는 게 아닌가.
"아고, 야이네 잘 있어신게. 이 수박 보라이."
(아고, 얘네들 잘 있었네. 이 수박 봐라.)
엄마의 눈이 탄성처럼 빛났다. 잘 있어준 열매들이 대견하고 그사이 꼬물꼬물 자라준 것에 대한 기특한 마음이 가득 담겼다. 여든다섯 해 엄마의 시간은 요만큼이라도 살아내기가 얼마나 힘들고 애를 써야 하는지 충분히 알기에 저 열매들의 노고를 단박에 알아챈다. 그 마음, 무엇에건 측은지심으로 바라볼 수 있는 마음력, 연륜이다.

"이거 보라이. 제일 먼저 열었던 요 오이는 영 크질 못하고 말라부럼시녜. 아고야, 사람 눈독이 영 독한 거로구나게. 기주게, 사람들도 다 경허주."
(이거 봐라. 제일 먼저 열었던 요 오이는 영 크질 못하고 말라버리네. 아고야 사람 눈독이 이렇게 독한 거로구나. 그렇지. 사람들도 다 그렇지.)

여든다섯 엄마는 사람 눈의 독기를 이제야 큰 깨달음으로 얻은 듯 내내 중얼거렸다.
그러고 보니 '눈독을 들이다'라는 말은 왠지 음흉스러웠구나.

남의 것일지라도 욕심껏 자기가 취하고자 할 때 주로 쓰였음을 새삼 깨닫게 된다. 이제 쉰 해를 살아가며 아직은 마음력이 부족한 딸도 텃밭 철학에 빠져본다. 사람 눈이 가진 선함, 혹은 독함의 선택은 사람 그 자신일 터. 함부로 독기 뿜어내지 말고 살자. 두고 보겠다 꽁한 마음으로 보지 말자. 무엇을 보더라도 쓰다듬듯 바라볼 일이다.

엄마의 컨테이너 텃밭에선 반려 채소와 함께, 사는 일에 대한 태도와 응원이 이 여름 내내 반짝일 것이다. 엄마의 퇴원과 반려 채소들의 짙어가는 초록에 편안함도 더없이 깊어지는 오후, 엄마의 목소리가 한껏 올라간다.

"느 언제 시간 날 때 글라. 쪽파영 시금치도 호꼼 싱거보게. 화장품 집 앞이 모종 이실 거라이. 당근도 시믄 사와 보카?"
(너 언제 시간 날 때 가자. 쪽파랑 시금치도 좀 심어보게. 화장품 집 앞에 모종 있겠지. 당근도 있으면 사와 볼까?)

그녀들의 리모델링

숨비기낭

"어머니, 이거 다 버리자. 무슨 된장통이 아홉 개나 있노?"
"아, 그거 버리면 안 되는 거라. 이건 유동자가 준 거고 이건 함덕 언니가 쥰 거고⋯⋯."
"아니 그래도 이건 좀 먹기에 그런 거 같은데? 안 그르나 기낭아."
"그래 엄마, 매실이 이거 술이 다 됐겠다. 오래된 것 같은데? 매실통 먼지도 많고. 버려야겠지? 새언니?"
"이눔의 딸들이 뭘 모르고 다 버리라고 하네. 이제 내 편 왓쩌이."
이번엔 꼭 다 버려버리겠다는 형님의 의지와 빼놓은 된장통을 은근슬쩍 다시 챙기는 어머니, 그리고 병적일 정도로 깔끔한 시누이까지 세 모녀의 밀당이 한창이었다. 그 밀당 끝 은근한 압박의 눈길이 내게 머물다 가길 반복했다. 며느리인 나는 그 누구 편도 들지 못한 채 둘 곳 없는 눈길만 휘청거렸다.

4월이 되면서 학교에서 퇴직한 형님과 코로나로 한껏 신경이 곤두선 생활 때문에 힘들어하던 시누이가 마산과 서울에서 한꺼번에 내려왔다. 평소처럼 며칠 정도가 아니라 꼬박 한 달은 있을 예정이었다. 물론 아무 생각 없는 나는 시누이들이 내려왔다고 해서 특별히 스트레스를 받거나 하지는 않았다. 특히 막내 시누이하고는 밤새 술 마시며 속 얘기를 할 정도로 허물없는 사이라 같이 못 놀아주는 걸 조금 아쉽다고 여겼을 뿐.
시누이들의 장기간 단체 방문은 어머니 집의 리모델링 때문이었다. 어머니가 사시는 빌라가 오래된 집이라 올 때마다 문이며 씽크대, 온갖 잡동사니가 들어찬 작은 방이 내내 두 딸들의 신경을 콕콕 건드렸던 모양이다. 가까운 곳에 며느리가 살고 있지만 살림에는 딱히 재능은커녕 관심도 없어, 뭐 그리 크게 신경 쓰지 않는 듯한 모습에 두 팔 걷어붙이고 내려온 것일 터. 이쯤 되면 아무리 눈치 없이 해맑은 며느리라도 입장이 조금은 민망해지는 게 당연했다. 게다가 더욱 머리를 긁적이게 만든 건 이 모든 리모델링 작업 과정에서 며느리는 발 벗고 나설 입장이 아니라는 점이었다. 들쑥날쑥한 수업 시간과 주말엔 고3 수험생 아들 픽업 일정으로 그저 사이사이 오다가다 들러서는 쓱 훑어보고 좋다, 좋다 말만 거들다 올 뿐이었다. 감독관의 포지션이라고나 할까? 그 집 명의가 내 이름으로 되어 있는지라 괜히 자기 것 챙긴다 생각할까 조심스럽기도 했다. 그저 시누이들의 처분대로 조용히 따라갈 일이었다.

그럼에도 불구하고 그다지 부담이 되지 않았던 건 세 오누이가 모아오던 회비에서 경비를 쓰기로 하고 편하게 모든 작업을 맡기기로 했기 때문이다. 길어야 일주일, 다 끝내면 세 모녀가 좋아하는 산으로 들로, 고사리며 두릅이며 달래를 하러 다녀보기로 얘기가 다 된 상태였다.

그러고도 벌써 3주를 넘겼다. 리모델링에 나름의 로망을 가지고 있던 아주버님이 욕실만 한 번 해볼까 하고 나선 것이 화근이었다. 첫 단추를 저리 끼워두고 일찌감치 올라가 버린 아주버님이 쏘아 올린 셀프 리모델링의 후폭풍은 그칠 줄 모르고 계속되었다. 욕실의 셀프 리모델링은 작은 방의 벽지와 방마다의 커텐 작업, 부엌 타일 작업에 방문과 철문의 난이도 있는 작업까지, 다이소 매장 하나쯤은 거뜬히 옮겨 놓은 듯한 상황이 되어 버렸다.

그러다 보니 온통 봄빛의 설렘을 가지고 있던 시누이들도 어머니도 모두 지쳐 버린 것이었다. 특히나 지금쯤이면 고사리 코인사에 한참이었을 것을, 딸들의 잔소리로부터 오래된 물건을 사수해야 하는 어머니의 난감함은 참으로 커 보였다.

그러다 결국 사달이 난 것이었다.

"아니 어머니, 이걸 왜 못 버리는데? 딸들이 이 낡은 물건들 치우는 거 힘들어하면 그래, 그냥 싹 버려 불자 하는 게 그리 힘드냐?"

"엄마, 언니도 지금 힘들어서 입술 다 터지고, 오빠도 쉬는 날마다 와서 이러는데. 왜 그러는지 모르겠네."

딸들의 계속되는 성화에 결국 어머니가 폭발하셨다.

"나 이 집 고치기 전까지 편안하게 살았쪄. 니네 보기 지저분해 보여도 하나 신경 쓰는 거 없이 지냈는데 응, 내가 살면 얼마나 산다고 이렇게 신경 써야 되냐? 응? 너네가 한다니까, 너네 마음 편하라고 한 건데, 너네 이렇게 힘들고 나 이렇게 잔소리 들으멍 할 거였으면 안 했을 거라."

내. 가. 살. 면. 얼. 마. 나. 산. 다. 고……

그리고 정적. 결국 그날 형님도 시누이도 어머니도 모두 쉬 잠들지 못하는 밤을 보냈음은 두말하면 입이 아플 일이었다. 딸들은 딸들대로 어머니가 섭섭했다가 죄송했다가, 어머니는 어머니대로 섭섭했다가 미안했다가 '그 말까지는 말걸' 후회했다가, 마음이 복잡했으리라는 건 안 봐도 비디오다.

"형님, 이건 나중에 제가 요렇게 가릴 만한 걸로 싹 해 놓을게요. 그럼 될 것 같은데요."

"고모, 이건 똑같은 병 사다가 어머니랑 같이 정리해 놓으면 되크라."

"어머니, 요것만 나도 가져가고 이걸랑 우리 집에도 많으난 좀 버려볼게요."

어제의 사달로 모두가 어색할까 내가 바빠졌다. 머쓱하긴 했지만 서로 미안한 마음들이 왈칵 하는지라 그만그만하게 지나갔다.

"어머니, 이제 조금씩 정리만 하면 될 거난 쉬멍쉬멍 하고 내일은 형님하고 고사리 하러 댕겨옵서. 고사리 막 *하영(많이)들 해 왐선게마는."

"*경허카?(그럴까?)"

못 이기는 척 대답하는 어머니 뒤로 형님의 얼굴도 슬며시 펴졌다. 그렇게 그녀들은 세 번의 고사리를 하러 다녀왔다. 물론 어머니 집 정리는 딸들의 욕심대로 깔끔하게 마무리된 상태는 아니었다. 여전히 버리고픈 물건들이 빼꼼히 보여 한껏 외면해야 하는 형님과 냉장고 문을 열고 닫는 사이사이 시누이의 옅은 한숨 소리가 들려오기도 했다. 끊어온 고사리를 삶고 말리면서 다 낡은 큰 솥을 조용히 옮겨 놓는 어머니의 모습도 여전했다.

하지만 그녀들은 안다. 그녀들이 리모델링한 것은 집이 아니라 서로의 마음이라는 것을. 그리고 이 집이 그 마음을 기억하리라는 것을.

숭고한 예술가, 김영갑
-「그 섬에 내가 있었네」를 읽고-

제주 MBC 방송국 성우로 일했던 김정수 선생님은 김영갑 작가의 다큐멘터리의 나레이션을 녹음한 적이 있다고 했다. 그때 김영갑 작가에 대해 알게 되었고, 어린 두 딸과 김영갑 갤러리를 방문했다고 했다. 그때 전시된 사진 작품들이 너무 아름다웠고, 두 아이도 연신 감탄하며 작품을 감상했다고 했다. 당시 병환 짙은 김영갑 작가의 모습을 전하는 목소리에는 안타까운 애잔함이 묻어 있었다. 자신에게 특별한 의미가 있는 그곳을 나와 함께 가보고 싶다고 했다.

우리는 내비게이션이 안내한 대로 갔지만 조금 헤매고 나서 '김영갑갤러리두모악'에 도착했다. '두모악'은 한라산의 옛 이름이라고 한다. 그가 손수 가꾼 정원은 제주의 골목길 '올레'처럼 정갈하고 오소록한 느낌이었다. 정원으로 들어서는 길에는 자잘한 돌들이 깔려있어서 걸을 때마다 바그락바그락 소리가 정원 풍경과 어우러졌다. 김영갑 작가는 그 정원에 돌담을 쌓았다 허물며 애써 제주의 모습을 재현하려고 했단다.

정원에 들어서자마자 매끈한 수피를 가진 배롱나무가 보였다. 배롱나무의 굴곡진 가지 끝마다 꽃봉오리가 맺혀, 곧 있으면 진분홍(또는 하얀) 꽃이 만발할 것이다. 정원 안으로 더 들어가니 그가 사랑했다는 감나무가 눈에 들어왔다. 감나무에는 미처 익지 않은 밤톨만한 감들이 이파리에 몸을 숨기고 수줍게 매달려 있었다. 조금 더 깊숙이 들어가니 돌담으로 감싸인 잔디밭이 널찍하게 펼쳐졌다. 잔디는 제법 길게 자라 밟을 때마다 푹

신푹신한 촉감이 전해졌다. 돌담을 따라 늘어선 치자나무는 꽃향기로 존재감을 드러냈다. 돌담 곳곳에 사진의 프레임처럼 직사각형으로 구멍이 나 있었다. 그곳을 통해 보이는 자연풍경은 마치 한 장의 예술 작품을 보는 듯했다.

  정원을 돌아본 우리는 입맛을 돋우는 에피타이저를 먹은 듯 기대감을 안고 전시실로 들어갔다. 김영갑 작가는 루게릭병 진단을 받고 남제주군(현 서귀포시)성산읍 삼달리의 폐교된 초등학교를 임대했다. 굳어가는 몸으로, 자신보다 더 사랑하는 사진을 전시하는 공간을 만드는 것에 남은 힘을 쏟았다. 전시실에 들어가 입장권을 구매했다. 입장권과 작가의 작품으로 만든 책갈피를 받았다. 책갈피의 사진을 보니 전시 작품에 대한 기대감이 높아졌다.

  전시실은 크게 세 곳으로 나뉘어져 있었다. 첫 번째 전시실에서는 작가의 생전 모습의 영상이 재생되고 있었다. 인터뷰 할 때 찍었음직한 모습을 볼 수 있었다. 충남 부여 태생인 작가는 서울에 거주하다 1985년 제주에 정착했다. 2005년 이곳에서 생을 마치기까지 스무 해 동안 제주에 살았다. 말이 좋아 스무 해이지, 제대로 된 돈벌이를 하지 못했다. 수중에 있는 돈은 필름을 사고, 끼니는 들판의 당근이나 고구마로 때우며 사진에 미쳐 지낸 세월이다. '김영갑갤러리두모악'은 단순한 전시장이 아닌 예술가 '김영갑'의 영혼이 담긴 숭고한 곳이었다.

  다음 전시실은 '용눈이 오름'을 찍은 작품이 전시되어 있었고, 마지막 한 곳은 제주의 바람과 구름을 찍은 작품들이 전시되어 있었다. 책에서 읽은 바로는 김영갑 작가가 찍으려던 제주의 모습은 '삽시간의 황홀'이었다.

"내가 사진에 붙잡아두려는 것은 우리 눈에 보이는 있는 그대로의 풍경이 아니다. 시시각각 변하는 들판의 빛과 바람, 구름, 비, 안개이다. 최고로 황홀한 순간은 순간에 사라지고 만다. 삽시간의 황홀이다"

사진을 감상하다가 한 작품의 시공간으로 들어간 느낌을 받았다. 들판에 서 있는 김영갑 작가의 모습이 보였다. 하늘에는 먹구름이 잔뜩 껴 있다. 바람이 사방으로 인정사정없이 불어댄다. 공터에 자란 억새인지 모를 사초과 풀들은 푸르스름한 색을 띠고 있다. 여름의 물기를 먹고 길게 자란 사초과 풀들은 사나운 바람에 매정하게 흔들린다. 습기를 머금은 바람이 피부에 닿아 축축하고 끈적하다. 시커먼 하늘은 곧 한바탕 비를 퍼부을 듯하다. 김영갑 작가는 삼각대를 고정하고 기다린다. 그의 눈에 광기가 어린다. '삽시간의 황홀'을 포착하자 카메라 셔터를 누른다. 그는 '미친놈'이다. 제주의 경이로운 자연에 미치고, 사진에 미친놈.

"남들이 인정할 때까지가 아니라, 나 자신이 만족할 때까지 몰입해보자. 누구도 이야기한 적이 없는 아름다움을 두 눈으로 확인해보자. 누구도 상상하지 못했던 신비로움을 온몸으로 느껴보자"

나는 막연히 글을 쓰고 싶다는 생각을 했다. 글쓰기 수업을 받으려고 선생님을 처음 만났을 때 "어떤 책을 쓰고 싶어요?" 질문을 받았다. 그 질문에 답하기가 어려웠다. 나는 왜 글을 쓰려고 할까? 여러 해 책을 읽다 보니 '언젠가 책 한 권 써보고 싶다'는 막연한 생각을 했다. '자신이 만족할 때까지 몰입해보자'는 김영갑 작가의 예술혼 앞에서 한없이 부끄러워진다.

그의 삶을 대변할 수 있는 정서는 '외로움'이다. 그는 스스로 철저하게 홀로이게 만들었다. 홀로 지내다보면 도회지가 그립기도 하고, 친구들을 만나고 싶기도 했다. 하지만 사진에 몰입하기 위해서 외부와 단절된 삶을 살았다. 이름이 알려진 후 많은 사람들이 연락을 오니 전화도 끊어 버렸다. 그도 사람인데 왜 흔들리지 않았겠는가? 하지만 그에게는 사진 작품 이외에는 불필요한 것이었다.

김영갑 작가의 삶을 들여다보노라면, 외롭게 짧은 생을 마친 화가 '이중섭'이 떠오른다. 이중섭은 한국 전쟁 당시 가족들과 제주로 피난을 왔지만 먹고 살기가 어려워 아내와 두 아들을 일본으로 보냈다. 그가 아내에게 보낸 엽서에 보여지듯, 항상 가족을 그리워했다. 이중섭은 껌을 감싸는 은종이에 그림을 그릴 만큼 늘 그림을 그렸다고 한다. 끼니를 굶더라도 사진 생각만 하는 사진 작가 김영갑과 은종이에 그림을 그렸던 화가 이중섭의 삶은 왠지 모르게 닮아있다. 심지어 외롭게 세상을 떠난 모습까지.

김영갑 작가는 몸을 돌볼 새 없이 들판과 오름으로 쏘다녔다. 어느 날 부터인가 이유 없는 허리 통증을 느끼고, 셔터를 누를 때 손이 떨리기 시작했다. 병명도 모르고 지내다 몇 년 후에 '루게릭 병' 진단을 받았다. 그리고 그가 떠나면 창고에 남겨질 작품을 전시할 공간을 마련하는데 남은 생을 쏟아부었다. 2002년 폐교된 삼달국민학교에 '김영갑갤러리두모악'을 열었다. 2005년 그는 그곳에 잠들었다.

제주도 어딘가에 그가 있을 것만 같다. 바람불고 시커먼 구름이 낀 날 시외로 운전을 하노라면 김영갑 작가가 떠오른다. 기다렸다는 듯이 그는 카메라를 들고 제주 들판을 쏘다닐 것이다. 어딘가 삼각대를 세우고 '삽시간의 황홀'을 맞이할 것이다.
 나는 사진을 예술 작품이라 생각하지 않았다. 휴대폰으로 누
구나 찍는 게 사진이니까. 작가는 자신이 원하는 작품을 만들
기 위해 언제까지 기다리는 것을 마다하지 않았다. 나는 김영
갑 작가를 통해 사진은 기다림의 예술이라는 것을 알았다. 책
을 읽고 보니 그의 삶 자체가 작품이었다. 그는 작품을 위해
고행을 마다하지 않는 구도자의 삶을 살았다. 자신의 몸이 굳
어가는 막다른 길에서 '허락된 오늘'에 몰입했던 그의 모습에
경외감을 느낀다.

보고 싶은 엄마께

정미주

보고 싶은 엄마께

엄마, 오늘은 아침부터 예보에 없던 비가 내렸어요. 어제 통화에서 '올해는 비가 많이 와서 사과 농사를 망친 것 같다' 걱정하셨는데, 제천에는 더이상 비 소식이 없었으면 좋겠네요.

오늘 일을 마치고 한라도서관에 왔어요. 한라산 산허리에 경주마가 흙먼지를 잔뜩 일으킨 듯한 운무가 장관이네요. 한라산 너머 남쪽 하늘은 쾌청해 보이는데, 여기는 안개가 끼어있는 건 무슨 조화인지. 이 광경을 보고 있으니 기분이 오묘해지네요.

엄마, 저는 아이를 낳고 '엄마'가 된 후, 엄마의 삶에 대해 가끔 생각해 봅니다. 부산이 고향인 엄마는 제주도에서 신혼살림을 꾸리고 25년을 살았죠. 그러다 아빠 명예퇴직 이후에 제천으로 귀농한지도 벌써 16년이 지났네요. 엄마는 다시 제주도로 돌아오고 싶은 마음이 든 적 있나요? 저는 제주도가 고향이지만 서울에서 십여 년 살면서 다시 제주도로 돌아오고 싶지 않았어요. 20대 중반쯤 아빠가 퇴직하고 사과 농사를 짓겠다며 제천으로 이주하셨었죠. 그 당시 부모님이 여기에 안 계신다고 생각하니 제주도가 낯설게 느껴졌어요. 그래서 저는 묵은 먼지 털어버리듯이 미련 없이 서울로 가게 되었어요.

저는 제주도로 다시 돌아올 팔자였나 봐요. 서울에서 제주도가 고향인 남편을 만난 걸 보면요. 남편은 늘 입버릇처럼 나이 들면 귀향해서 농사짓는다고 말했어요. 남편 회사 부도로 제주도 귀향이 결정되었을 땐 솔직히 비참한 심경이었어요. 이렇게 일찍 돌아오게 될 줄 몰랐어요. 더군다나 프로그램 개발자였던 남편은 해보지도 않았던 농사를 짓는다고 하니 입에 풀칠은 할지 막막하기만 했죠. 문득 갓난쟁이를 안고 낯선 제주살이를 시작했던 젊은 시절의 엄마는 어떤 마음이었을지 궁금해집니다. 아마 엄마도 저처럼 막막한 심정이었을 것 같아요.

제가 다시 제주도로 온건 2년 전 제주 특유의 끈적한 더위가 시작되는 초여름이었어요. 앞으로 뭘 먹고 살지 심란하던 차에 가족들과 함덕해수욕장에 가게 되었어요. 함덕해수욕장은 근 20년 만에 간 것 같아요. 해변의 화려한 빌딩들이 낯설었지만, 탁 트인 아름다운 바다와 주홍빛의 석양은 어릴 때와 같은 감동으로 다가왔어요. 그때 처음으로 '제주도에 오길 잘했다'는 생각이 들었어요. 마음이 조금 편해진 이후 제주의 아름다운 자연이 눈에 들어왔어요. 제주 어디서든 보이는 한라산을 보며 '백록담을 보고 와야겠다'는 생각을 하게 되었어요. 그래서 윗세오름을 몇 번 다녀온 후 정상을 올라 갈 날을 잡았어요. 제주에 온 지 한 달이 채 안 되었을 때 백록담까지 등산을 하게 됐어요.

제가 어릴 때 엄마가 한라산 등산을 자주 갔던 기억이 나요. 엄마, 관음사 코스로 등산해 보셨죠? 엄마도 아시겠지만 관음사 코스 초입은 참나무가 울창해서 시원해요. 처음에는 들뜬 기분으로 걸었어요. 비가 온 지 얼마 되지 않아 경쾌하게 흐르는 냇물도 건너고, 건천으로 보이는 계곡의 다리를 지났어요. 그리고 바로 급경사의 계단이 눈 앞에 펼쳐지자 마음을 굳게 먹었죠. 다리에 단단히 힘을 주며 계단을 올랐어요. 등산로 주변에는 단풍나무, 참나무 등 키 큰 나무들이 울창해 어둑한 느낌이었어요. 평일이라 등산로에 인적이 드물어 혹시 멧돼지라도 나올까봐 바스락 소리만 나도 주변을 두리번거렸었어요.

비가 온 지 얼마 얼마 되지 않았고, 워낙 해가 안 드는 등산로라 돌계단은 무척 미끄러웠어요. 지금 생각하면 등산스틱도 없이 어떻게 올라갔는지 모르겠네요. 서너 시간 끝이 없는 지옥계단으로 오른다는 생각으로 올랐어요. 하지만 그 지옥계단에도 끝은 있었어요. 주변이 점차 밝아지기 시작하더니 옆으로 조릿대가 울창한 데크가 나왔어요. 드디어 중간 휴게소까지 올라간 거예요. 옆 등산객에게 들어 거기가 삼각봉 휴게소라는 걸 알았어요. 그날 안개가 껴서 주변 풍경을 제대로 볼 수 없었지만 내 눈앞에 위풍당당한 삼각봉은 아직도 인상적으로 남아있어요.

정상 등반은 시간제한이 있기 때문에 삼각봉 휴게소에서 사과 한입 먹고, 서둘러 올라갔죠. 가운데가 움푹 패인 나무 데크를 보니 '얼마나 많은 사람들이 여길 밟고 올라갔을까?'하는 생각이 들더라고요. 어릴 적에 초·중·고등학교에서 한라산 등반을 연례행사로 다녔었어요. 그때는 한라산의 기이한 암벽과 장엄한 풍광, 고도에 따라 달라지는 수종의 매력을 알 리 없었죠. 천근만근 무거운 발을 옮기느라 경치는 언감생심이었죠. 어릴 때 그렇게 싫었던 등산을 하고 있으니 저는 왜 한라산을 오르려고 했을까요? 에베레스트를 등정했던 조지 말로니는 '산이 그곳에 있으니 오른다'고 했다지만, 잘 모르겠어요. 제주에 왔으니 백록담은 한 번쯤 가봐야 한다는 의무감이었을까요?

무념무상으로 걷다 보니 세상에 한라산과 저만 남겨진 것 같은 느낌이 들었어요. 거친 호흡, 울퉁불퉁하며 미끄러운 발바닥의 촉감과 심장 박동만 느껴졌어요. 내가 뭘 하고 살 것인지, 생계를 어떻게 꾸려야 하는지에 대한 고민은 들지 않았어요. 그 순간은 그저 걷는 게 가장 중요하게 느껴졌어요. 한라산은 거기에 있었고, 나는 두 발로 올랐다는 기억만 또렷하게 나요.

용현각 다리를 지나, 지옥문이 나올 것 같은 가파른 나무 계단을 기다시피 올라갔어요. 그 계단의 끝에는 지옥문이 아닌 앙증맞은 구상나무들이 마중 나와 있었어요. 저는 구상나무를 정말 좋아하는 데 운이 좋게도 구상나무 열매가 막 맺히는 시기였던 거예요. 구상나무는 전나무와 매우 닮았지만 잎을 보면 구분할 수 있어요. 구상나무는 전나무와 다르게 잎 끝이 둥글어서 잎을 악수하듯이 살짝 움켜 잡으면 촉감이 부드러워요. 새 나뭇가지에 도토리 키 재듯이 오밀조밀 앉아있는 구상나무의 열매가 정말 사랑스러웠어요. 자생하는 구상나무는 만나기 어렵기 때문에 귀한 손님처럼 반가웠어요.

완만한 나무 데크가 끝나가자 사람들이 많이 보였어요. 정상에 처음 가봤지만 분위기로 정상에 도착했다는 걸 알았죠. 정상 표지석에는 사진을 찍기 위해 줄 선 사람들이 많아서 백록담을 배경으로 기념사진을 찍었어요. 백록담을 보면 가슴이 벅차고 신비로울 것 같았는데 사진으로 너무 자주 봐서 그랬을까요? 오히려 담담했어요. 점심을 먹고 어떻게 내려왔는지 기억이 안나요. 그저 내 다리인지 남의 다리인지 모르게 걷고 걷다가 산 초입의 계곡에 다다랐던 것 같아요. 빨리 집으로 돌아가야 한다는 생각뿐이었죠. 그날의 등산은 제 다리에 근육통만 남긴 추억이라고 생각했어요.

엄마, 제주도로 돌아오고 나서 2년 동안 입에 풀칠하느라 삶이 고되다는 생각이 들어요. 젊은 시절의 엄마도 생계를 위해 식당, 우유 배달, 세차 등 힘든 일 가리지 않고 했던 기억이 나요. 지금도 사과 농사로 주름진 삶을 이어가고 있지만요.

엄마, 카뮈의 에세이 「시지프 신화」 들어 본 적 있어요? 신들이 내린 형벌로 산꼭대기까지 커다란 바위를 굴려 올리는 시지프가 제 모습 같아요. 노동이라는 형벌을 벗어버리고 싶지만 우리 가족의 생계를 위해 그럴 수 없는 제 상황이 짐스럽게 느껴져요. 엄마가 걱정 할까봐 말하지 못했지만 저는 제주도에 와서 토요일까지 쉴 틈 없이 일하는 게 버겁더라고요. 아이들에게 좋은 엄마가 되고 싶은데 주말에 일하느라 함께 시간을 보내지 못해서 미안하기도 하고요. 또, 제가 하고 싶은 일이 있는데 생업에 쫓겨 내 꿈과 멀어지는 것처럼 느꼈어요. 상황이 이러니 남편이 원망스럽기도 했지요. 이렇게 고된 삶이 계속되고, 내 꿈도 이루지 못한다면 사는 것이 의미가 있을지 고민했어요. 의미 있는 삶이란 무엇일까요?

시지프의 바위는 꼭대기에 다다르면 순식간에 산 아래로 굴러 떨어져요. 저는 그 순간이 또다시 형벌이 시작되는 고통이라 생각했어요. 다시 바위를 산 위로 올려야 하니까요. 하지만 「시지프 신화」를 쓴 카뮈는 굴러 떨어진 바위를 밀어 올리기 위해 산 아래로 내려가는 시간을 **'의식의 시간'**이라고 했어요. *'인간은 스스로 자신이 살아가는 날들의 주인이라는 것을 안다.'* 그렇기 때문에 우리 삶은 무용하고 무의미한 형벌이 아니라고 했어요. 카뮈의 「시지프 신화」를 읽고 **삶은 그 자체로 의미가 있다**는 것을 알게 되었어요. 커다란 바위를 굴려 올리는 고된 삶일지라도 내가 삶의 주인인 것을 알기 때문이에요. 도공이 흙으로 그릇을 빚듯, 내 삶을 아름답게 빚기 위해 애쓰고 있어요. 그러다 보면 바위를 굴려 올리는 힘든 중에도 빛나는 순간은 찾아오겠죠?

제주도에 가슴 트이는 바다와 늘 그 자리에서 모든 것을 품어 주는 한라산이 있어서 고마운 마음이 들어요. 숨 가쁘게 살아오면서 백록담에 올랐던 기억을 한동안 잊고 있었어요. 지금 생각해보면 예전 한라산을 올랐던 그 기운으로 살아온 것 같아요. 지금 이 편지를 쓰면서도 당장 한라산을 오르고 싶은 생각

으로 벅차오릅니다. 올해가 가기 전에 다시 백록담에 올라야
겠어요.

　작년에는 코로나19로 못 갔지만, 올해는 엄마 얼굴 보러 제천
에 꼭 갈게요. 그때 가을 한라산에 대한 이야기 들려드릴게요.
그때까지 엄마, 아빠 두 분 모두 건강히 계세요.

2021년 10월 9일
딸 미주 올림

은밀한 취향

"열심히 공부해서 너도 나처럼 서울 올라와!"

며칠 전 서울에서 마주한 큰아이가 제 동생을 보더니 결연한 어투로 했던 말이다. 그 모습에 그만 "훗"하고 웃음이 터졌다. 그리고 나서 나의 스무 살이 떠올랐다.

토박이라면 이십 대에 접어들어 너나 할 것 없이 섬으로부터의 탈출 및 해방을 꿈꾸고 시도했다. 정당한 명분은 육지대학에 진학하는 것. 하지만 넉넉지 않은 가정형편에 육지대학으로의 진학이 언감생심이면 졸업 후 취업을 육지로 하는 경우가 많았다. 하지만 나에게는 두 가지의 선택지가 무용지물이었다. 당시 걱정이 많았던 나에게는 가정형편도 문제였지만 부모님의 반대를 무릅쓰고 강행할 용기가 부족했다. 지금의 나라면 어땠을까. 돌아오는 한이 있더라도 일단은 나가봤을 것이다. 그렇게 시도하지 못했던 자신이 원망스럽기도 해서 아이들에게는 나갈 수 있으면 가라 했다. 최선을 다해 지원해주마. 하고 약속도 해두었다. 최면에 걸린 것처럼 큰아이가 서울로 대학진학을 명분 삼아 독립했다. 스마트폰만 들여다보는 둘째도 아마 보이지 않는 노력을 하면서 서울로 떠날 날을 학수고대하고 있을 것이다.

세월이 흘러 오십 년 가까이 제주를 삶의 터전으로 삼고 있지만 최근 들어 제주가 낯설었다. 들판을 뛰놀던 십 대였을 때, 진로에 대해 방황을 하던 이십 대, 결혼해서 아이 둘을 낳고 일을 병행하느라 정신없이 지냈던 삼십 대의 제주와 지금의 제주는 외형적으로 많이 달라지기도 했다. 자본과 개발의 논리로 섬 이곳저곳이 파헤쳐지고 건물이 세워졌다. 하지만 외형적인 모습뿐만 아니라 주변의 이주민들에게 제주를 알려주거나 설명하려 들면 그 낯섦이 배가 되어 돌아왔다.

나고 자랐지만 제대로 제주를 안다고 할 수 없었다. 그리하여 용기를 냈다. 제주말과 제주 음식, 제주 역사와 문화, 해녀 등에 대해 배우러 다니고 있다. 배우는데 용기까지 내야 하나 궁금할 수도 있겠다. 하지만 도서관 강좌나 동네 책방 수업이 주중 낮이나 주말 시간, 저녁 시간에도 있어 시간을 확보하기가 의외로 녹록지 않았다. 일상에서 다른 일정들을 과감하게 조정하는 용기가 필요했다. 비용을 들여 제주 관련 책을 사 모으기까지 하고 있다. 남편의 타박이 이어지곤 하지만 그 타박을 한쪽 귀로 듣고 한쪽 귀 그대로 여과해주는 센스도 필요했다. 그렇지 않으면 부부싸움이 일어나기에 십상이니.

제주에 관련된 수업을 찾아서 듣다 보니 없던 애향심도 생겨났다. "문화란 옳고 그름, 우월과 열등의 구분이 아니라 삶의 표현이다."라고 말한 어느 강사의 말이 와닿았다. 우선 제주어를 '사투리'나 '방언'이라고 표현하는 것이 귀에 거슬렸다. 사투리나 방언이라고 말하는 것은 우리나라의 중심지는 서울이고, 서울 이외의 지역은 모두 지방이라고 보는 왕의 시선이고 중앙집권적인 입장이었다. 다음으로 '제주'라는 명칭도 '물 건너 있는 땅'이라는 외부의 시선에서 강요된 명칭이었다. 우리에게는 하늘의 별자리를 확인하고 바람의 방향을 느끼며 동아시아 해역을 승선 왕래하면서 항해하던 탐라국 시절이 있었다.

천문지식과 계절풍을 잘 알고 활용할 능력이 있던 그 시절이 지금보다 더 강성했던 시기가 아니었을까. 지도를 거꾸로 펴서 살펴보면 오히려 탐라가 주변국이나 본토로 뻗어나가는 중요한 지정학적 위치에 있음을 알 수도 있었다. 중앙집권적인 본토에서 절해고도 야만인의 섬이라고 평가절하할 곳이 절대 아님을 기억해두자.

눈치챘겠지만 마음속에 담아둔, 요즘의 은밀한 취향은 바로 '제주를 공부하기'가 되어버렸다. 특히 사라져가는 제주어나 해녀에 관한 내용은 기회가 되는대로 배우고 기억하려 애쓰고 있다. "낭중지추"라는 말이 있다. "주머니 속의 송곳"이라는 뜻으로 시간이 지나면 가치를 드러낼 수 있다. 혹은 시간이 지나면 재능이 뛰어난 사람은 저절로 사람들에게 드러난다는 비유적 의미도 내포한다. 남들이 알아주지 않아도 기다림을 양분 삼아 꾸준하게 공부해 가다 보면 언젠가는 제주에 관한 책을 낼 수도 있지 않을까.

행복한 나의 일상

홍유경

책을 꾸준히, 잘, 읽고 싶어 독서회에 가입해 열심히 책을 읽고 있습니다. 매달 정해진 책을 읽다 보면 그 책 안에서 또 다른 책이 소개됩니다. 궁금한 마음에 책을 주문하고 읽으며 그 책에서 말하고자 하는 것을 좀 더 깊이 있게 이해하게 되고, 공감하게 됩니다.

책을 읽으며 작가에 대한 동경이 생겼습니다. 도대체 어떻게 이런 훌륭한 문장을 쓰고, 자신의 생각을 잘 다듬어 낼 수 있을까? 작가는 모든 것을 다 아는 천재여야 할 〈넘사벽〉이라는 생각을 하며 그저 동경의 대상으로만 생각했습니다.

나도 누군가에게 울림을 주고, 위안을 주는, 항상 옆에 두고 읽고 싶은 친구 같은 책을 쓰고 싶다는 막연한 꿈을 꾸며 항상 책을 가까이했습니다.

어느 날 책을 함께 읽던 지인으로부터 "책을 읽기만 하지 말고 우리도 함께 써 봐요"라는 제안을 받으며 〈글 쓰는 화요일〉 모임을 만들게 되었습니다.

일주일 동안 3편의 자유주제의 글을 써서 올리고 매주 화요일에 만나 이야기를 나누는 방식으로 시작되었습니다. 막상 글을 쓰려고 하니 어떤 주제로 써야 하나?
고민이 생겼습니다.

내가 다쳐 응급실에 간 일, 여행하며 느꼈던 나의 감정, 영화 감상문, 독후감 쓰기 등 나의 소소하고 작은 일상이 내 글의 글감이 되고, 글이 되어 하얀 종이 위를 훨훨 날아다니는 것이 었습니다.

글을 직접 쓰기 전에는 잘 알지 못했는데 막상 내가 직접 써 보니 글감의 소재 선정, 이야기 전개 방식 및 주제 전달에 대한 작가의 입장이 조금은 이해가 되었습니다.

글을 쓰기 위해, 글감을 얻기 위해, 나의 소소한 일상에 더 관심을 가지게 되었고, 그 상황에 대한 나의 감정에 더 솔직하게 되었습니다. 이런 상황을 글로 써보면 어떨까? 생각을 하며 글을 쓸 일을 만들어 가는 행복한 변화가 생겼습니다.

글을 쓰며 내 글의 주인공은 바로 나였고, 나로 인해 비롯된 일들의 문제를 해결해 나가는 것도 나였다는 사실을 알게 되었습니다. 소소한 나의 일상이, 나의 역사가 되고, 기록이 되는 것에 희열을 느끼며 행복했습니다. 오늘도 나에게 집중하며, 즐겁게 글감을 찾는 나를 발견합니다.

먼저 떠난 남편이 사무치도록 그립고 보고 싶을 때마다 하고 싶은 말을 글로 썼습니다. 글을 쓰며 당신을 만날 수 있어 행복했습니다. 짧은 메모가 시가 되어 오히려 나를 위로해주었습니다. 이렇게 썼던 메모들을 모아 첫 시집 〈그대 사랑처럼, 그대 향기처럼〉을 출간하였습니다.

2022년 제1회 감성시 공모전에서 대상을 받은 〈그릇〉 시를 당신에게 바칩니다.

그릇

홍유경

흙으로 그릇을
빚으려 했는데
보고 싶은 당신을
빚고 말았습니다.

그릇에
맛있는 음식을
담으려 했는데
그리운 당신 생각만
가득 담고 말았습니다

그릇을 빚는다는 핑계로
당신 생각
배부르게 했습니다.

날씨가 좋으면 찾아가겠어요

홍유경

코로나 바이러스로 인해 집에 있는 시간이 많아졌다. 막상 시간이 많아졌지만 특별하게 할 수 있는 일이 별로 없어 심심하던 차에 〈날씨가 좋으면 찾아가겠어요.〉라는 드라마를 우연히 보게 되었다.

이 드라마는 소설가 이도우의 장편소설 〈날씨가 좋으면 찾아가겠어요〉를 원작으로 만들었다. 강원도 〈북현리〉 산골 마을이 배경인데, 겨울에 눈 오는 모습이 너무 아름다운 곳이었다. 나중에 꼭 가보고 싶어 검색해봤더니 소설 속 가상의 마을 이름이었다.

주인공 은섭은 한적한 시골 마을에서 〈굿 나잇 책방〉을 운영한다. 일주일에 한 번씩 독서회를 진행하는데 동네 중학생 소녀들, 아줌마, 아저씨, 청년, 할아버지와 9살 손주 등 다양한 직업의 사람들이 〈굿 나잇 책방〉에 모여 그날의 주제에 따라 자신이 읽은 시를 낭송하고, 책을 소개하며 발표하고, 알고 있거나 들은 아름다운 전설에 대해서 이야기하며 즐거운 독서회를 하는 장면이 너무 반갑고 인상적이었다.

여주인공 목해원은 서울 생활에 지쳐 〈북현리〉 이모네 집으로 내려왔다. 동창인 은섭을 다시 만나 서로 호감을 느끼며 잔잔한 사랑을 나누는데….

〈굿나잇 책방〉에서 아르바이트를 시작한 목해원이 물었다.

"왜 책방 이름이 〈굿 나잇〉 이야?"

"잘 자면 좋으니까, 잘 일어나고, 잘 먹고, 잘 일하고, 잘 쉬고, 그리고 잘 자면 그게 좋은 인생이니까" 은섭이 말했다.

나는 은섭의 대답에 100% 공감한다. 아들이 갑자기 심한 복통과 구토로 인해 너무 아파 병원에 입원했었다. 아들의 몸에 퍼진 염증을 잡기 위해 한 달 보름 동안 금식을 해야 했다. 먹지도 잘 자지도 못하니 의욕 없이 우울하게 하루하루를 지내는 모습을 보며 '잘 먹고, 잘 자고, 잘 싸는 게' 살면서 엄청 중요한 일이란 걸 뼈저리게 느꼈었다.

이 드라마가 또 좋았던 건 은섭이 아늑한 〈굿 나잇 책방〉에서 좋은 책을 소개하는 부분이 많이 나온다. 은섭이 읽고 있는 책도 읽어 보고 싶다는 생각이 들기 무섭게 핸드폰으로 책을 주문하고 있는 나를 발견하곤 했다.

드라마의 결말은 오래 기다려야 한다. 주인공들의 사랑의 결말이 너무 궁금해 원작 소설인 〈날씨가 좋으면 찾아가겠어요〉를 주문해, 도착하자마자 단숨에 읽었다.

모처럼 멋진 책방지기와 아늑한 책방이 나오고 독서회를 하며 잔잔한 사랑을 그리는 드라마를 보게 되어 너무 신선하고 좋았다.

이 드라마를 통해 많은 사람이 책에 관심을 가지고, 책을 읽는 좋은 계기가 되었으면 좋겠다. 나도 노후에 조그맣지만 아기자기한 책방을 운영하며, 동네 아이들에게 책도 읽어주고, 작가를 희망하는 사람들에게 좋은 강의도 제공해주며, 누구나 참여할 수 있는 독서회도 운영해 매일 책과 함께 하는 행복한 삶을 살고 싶다. 날씨가 좋으면 나의 책방으로 꼭 놀러오세요!

삶 공작소

〈달밤의 제주는 즐거워〉를 읽고

김보경

솔직히 말하기가 부끄럽지만 최근에 독서 편식으로 자기 경영 도서만 읽고 인문학 책을 한 권 뚝딱 읽은 지가 기억이 나질 않는다.

어디선가 봤던 책 표지. 그 책을 쓴 작가가 누굴까하고 의문을 가진 적이 있었다. 우연인지 필연인지 작가님의 수업을 함께하는 인연이 생겼고 이번에 작가님의 책을 읽는 기회가 메마른 삶 속에서 잠깐 일상을 잊는 그런 시간을 마련해주었다.

이 책은 앉은자리에서 엉덩이가 안 떼지더니 하루만에 완독을 하게 되었다. 우리가 한 달에 몇 번이고 찾는 편의점에서 일어나는 일상이 적힌 소설 같은 에세이 집이다.

읽다보면 그 현장이 너무 생동감 있으면서 유통기한이 끝난 삼각김밥을 기다리는 주인공을 보며 안타까운 순간도 많았고 학생의 신분을 기어코 밝혀낸 사건, 취객을 다루는 주인공의 행동에 통쾌하기도 해서 타임머신이 있다면 나도 그 편의점 알바생이 일하는 곳에 당장이라도 가서 벗이 되어주고 격려도 해주고 싶은 마음이었다.

화가 아저씨의 자전거를 팔아준 이야기를 보며 그 분을 나도 한번 직접 뵙고 싶기까지 했다. 제일 인상깊었던 장면은 C편의점 에서의 동전 교환 이야기가 마치 드라마에서나 있을 법한 일 같아서 주인공의 당돌한 모습에 다시 한번 감격했다.

이 책에는 유독 삼각김밥과 라면이 많이 등장하는데 어제는 밤 11시 30분이 다되어서 딸들과 함께 편의점에 가서 야식을 샀다. 나한테는 있을 수 없는 행동이었는데 그날 이후 여운이 남았는지 오늘도 라면과 김밥이 왜 이렇게 땡길까.

평소에 고민을 크게 안 하고 음식을 사서 먹을 수 있는 것, 내가 지금 누릴 수 있는 소소한 삶에 대해서도 감사함을 만들어주는 이 책.

책장을 넘기면서도 혼자 키득키득 몇 번이나 웃곤 했다. 옆에서 나를 보는 딸들이 "엄마! 뭐가 그렇게 웃겨요?"라고 물어볼 때마다 "너도 읽어봐" 하면서 〈그 녀석의 몽타주〉 책도 읽고 싶어져 서점에 바로 주문을 넣었다. 청소년 소설이라 이번엔 딸들하고 같이 읽으려는 마음으로.

지금 나처럼 일에 몰두해 있어 잠시 휴식이 필요한 분한테는 이 책을 읽고 한번 웃기도 하고 일상에 감사하는 삶을 살 수 있기를 바란다.

'삶 공작소'는 〈달밤이 제주는 즐거워〉라는 차영민 작가의 책 소개이다. 다양한 사람들의 삶을 하루에도 수차례 엿볼 수 있으면서 현장에서의 생동감이 그대로 전해진다.

편의점을 이용하는 사람들과 편의점을 운영하시는 분, 그리고 편의점 알바생들 에게 특히 공감대를 형성하기에 충분하며 우리가 늘 마주치는 그들에게 어떻게 대해야할지 다시 한번 생각해보게 하며 새로운 고객으로 태어날 수 있게 해줄 것이다. 많은 분들이 잠깐씩 마주하는 편의점에서의 짧은 순간을 소한 시간으로 마주할 수 있기를 바란다.

작가의 말

아직 담아내지 못한 우리의 이야기

가벼운 마음으로 강좌를 신청하고 주변 지인들에게 연락하여 학습자들을 모았지만, 그때만 해도 이렇게 일이 커질 줄은 몰랐다. 차영민 작가님의 〈삶을 바꾸는 다양한 글쓰기〉 강좌를 10주 동안 함께 하면서 작가님의 매력에 다시 빠져들었고, 무엇보다 매력덩어리인 그녀들을, 그녀들의 거침없는 입담과 글재간을 만나게 되어 반갑다. 나와 그녀들은 글 쓰는 시간을 통해 행복을 만들어가고 있다.

김경희

글쓰기 강좌를 나가기 전에 많이 망설였습니다. 새로운 직장에 발을 디뎠다는 핑계로 한동안 글을 쓰는 것을 멈추었기 때문입니다. 그래도 용기 내어 선한 사람들을 만났고 다양한 글쓰기를 즐겼습니다. 여기까지 이끌어주신 차영민 작가님께 정말 감사드립니다. 글쓰기 강의 기술도 전수받고 갑니다.

같은 뜻을 가진 이들이 모여서 쓴 글들이 책 한 권으로 멋지게 탄생해서 충분히 행복합니다.

김은정

다른 삶으로 꽉 차 있는 나에게 뭔가 새로운 걸 시작한 다는 건 책임감이 따르기 때문에 시작할 엄두를 내지 못 하고 있었다.

 두 분에게 소개를 받고 이 시간을 함께하게 되었는데 일기처럼 쓴 내용이 책에 실린다는 건 아직도 부끄럽기만 하다.

 작가님과 함께 하면서 배움도 많았지만 함께한 분들의 글을 읽으면서 오랜만에 사람냄새를 맡을 수 있었다. 삭 막한 일상에 있다가 동화속 시간으로 들어 온 것 같은 느낌이랄까.

 이 책을 읽으면서 어떤 누군가도 힐링이 필요하다면 차 한 잔 할 때 글 한잔 함께 하길 바란다.

김보경

몇 달간 함께 모여 수다 떨며 글 쓰는 시간,
즐거웠어요. 이렇게 쓴 우리의 글들이
한곳에 모여 어여쁜 책으로 나왔네요!
에세이집을 내고 싶다는 꿈을 꾸었는데,
이루어지다니, 꿈만 같아요.
앞으로도 계속 꿈꾸며 살아가야겠어요.
또, 꿈이 이루어질 수 있으니까요.

부정민

나에게는 몇 가지 적용되지 않는 일들이 있다. 간혹 작가라고 불리울 때의 그 어색함, 나의 글을 재밌다 해주는 말을 들을 때의 기분 좋으면서도 마음 놓고 좋아할 수만은 없는 부끄러움, 그러면서도 또 글을 쓰고 책을 묶을 때의 조심스러운 즐거움 등이 그렇다. 매번 적응하기 힘들어하면서도 결국엔 또 이런 용기를 내보는 건 늘 글벗님들 덕분이다. 부끄러운 나의 글에 귀 기울여 수고, 당신들의 진솔한 마음을 속 깊게 내어준 글벗님들께 감사한 마음을 전한다. 어디서든 글벗님들의 글향이 다른 이의 마음에 감동으로 가 닿기를 의심하지 않는다. 여전히 부끄러운 나의 글에도 글벗님들의 글향이 스며들어 조금은 반짝이길.

숨비기낭

이번 글쓰기 숙제를 하면서 확실하게 깨달았다. '글을 쓰면 안 되겠구나'. 내 수준이 얄팍하다는 걸 처절하게 알았다. 하지만 다시 쓴다. 숙제니까. 인생은 '나'를 알아가는 숙제이다. '나'를 알기 위해 읽고, 경험하고, 써야 한다. 얄팍한 내 수준을 알게 된 것도 글쓰기 덕분이다. 소가 되새김질하듯, 글을 쓰다 보면 내 인생을 되새김질하게 된다. 글쓰기는 인생의 문단마다 제목을 붙이는 작업이다. 이번 문단의 제목은 '글 한 잔 할래요'이다.

정미주

저는 나를 글쓰기와 거리가 먼 사람이라고 생각했습니다. 그런데 글쓰기 모임이 있다는 말에 주저 없이 참여 신청을 하는 저는 글쓰기를 좋아하는 사람 같습니다. '해볼까? 말까?'라는 선택의 기로에서 용기 내어 "해보자!"라는 선택을 했던 그 날의 저를 칭찬합니다. 차영민 작가님의 '삶을 바꾸는 글쓰기'를 통해 일상이 의미 있는 글로 다시 태어나는 과정에 함께 참여하며 즐겁고 행복했습니다.

『글 한잔 할래요』는 제주에 살며 글을 쓰는 9명의 작가들의 진솔한 이야기를 담은 책입니다. 이 책을 독자 분들이 차 한잔이 주는 따스함을 이 책을 통해 느끼실 수 있기를 바랍니다.

김형선

누군가의 마음을 위로해 줄 수 있는 책을 쓰고 싶다는 막연한 생각을 하며 나의 버킷리스트에 〈책 출간〉하기를 써넣었다.

책을 쓰기 위해 많이 읽어야겠다는 생각으로 독서회를 가입하고 읽다 보니 어느 순간 글을 쓰고 있는 나를 발견했다. 글을 쓰며 내가 나를 위로하고, 토닥이며, 다짐하고, 다시 힘을 낼 수 있었다.

당신의 소소한 일상이 모여
행복으로 태어나길 응원합니다.

홍유경

글을 쓰면 자주 감정을 만나게 됩니다.

이번에도 그랬어요.

감정을 만나면 도망가고 싶을 때가 많았어요.

세월과 시간이 주는 힘과 함께 하는 이들의 에너지 덕분에 이번에 만난 감정들과는 사이좋게 대화를 나누는 느낌이 들었습니다.

감정과 헤어지려고만 했었는데 앞으로는 계속해서 자주 만날 거라는 예감이 듭니다.

가끔 글 한 잔씩 해보려고 합니다.

희망희정